Ludwig Weibel
Grandiose Schau auf was du Bist
Merkst du, wie es um dich steht?

Books on Demand

Bibliographische Information der Deutschen Nationalbibliothek. Die Deutsche Nationalbibliothek verzeichnet
diese Publikation in der deutschen Nationalbibliogra-
phie, detaillierte bibliographische Daten sind im Internet
über http://dnb.dnb.de abrufbar.

© 2015 Autor: Ludwig Weibel
Herstellung und Verlag:
BoD – Books on Demand, Norderstedt
ISBN 9783738617436

Ludwig Weibel

Grandiose Schau auf was du Bist

Inhalt

Im makellosen Selbstwert
5

Vom Graziösen, das die Welt umwirbt
33

Mit dem Geistesfeurigen verbunden
57

Die Gründe der Allwirklichkeit
81

Einsicht und Gewandtheit
105

Die geistige Potenz, die Ich Mir Bin
127

Die Glocken der Unendlichkeit
151

1

Im makellosen Selbstwert

1.1

Sah sich Mein Bewusstsein eben noch im Weltlichen gefangen, ist ihm nun in einer gottgesegneten Allüre Unendliches geschehn. Es gibt sie noch und gibt sie doch die universenweiten Geistesräume, deren Schmelz und Signatur Ich wunderbarerweis geniesse. Wohlverstand und Wonne sind die allertrefflichsten Begleiter Meines Soseins in den silberhellen Weiten Meiner Ich-Natur.

Ist es Mir gelungen solchen Freiseins Attitüde, Märchenhaftigkeit und Glorie zu erringen, muss es allen hochbegabten Wesen, die da *sind* und sich das Dasein teilen, möglich sein, denselben Ein- und Aufstieg in elysische Gefilde zu gewinnen, wie er Mir gelang. Willentlich und wissentlich geschieht das Wunderbare an dir seinsgeduldig und gehorsam, leichtfüssig und gottselig durch die Inkarnationen deiner wahren Wesenheit im irdischen Gepränge und Verlies.

Übersinnlich etablierter und versierter, unbescholtener und generöser Meister Bin Ich dir in deinen Lebenslehrlingsjahren auf dem fabulösen Erdenplan. Schicklich und galant bedeute Ich dir Stütze und Galan, Wegbereiter und Genosse, wenn du nur immer willst von Mir begütet und behütet sein in deinen Ringeltänzen und Eroberungen, tragischen und klugen Dispositionen. Folge Meinem Wink und Wohllaut durch die Zeiten, sag Ich dir und weise dich als standhaft, tugendsam, sehnsüchtig nach dem Licht und nach der Wahrheit aus in deinem Ringen, Singen und Dein-Soll-aufs-Trefflichste-Bestehn.

Ging Ich dir voran, so muss Ich wieder dir entschwinden als ein himmelfahrendes Idol, damit dein Wille sich ermanne, dich selber zum gesegneten und wirkungsvollen Ideal der Gottesebenbildlichkeit zu stilisieren. Meines Seins Errungenschaft,

Gerechtigkeit und Grossmanier soll auch die deine werden in der Zucht und Wucht, Gelassenheit und Liebenswürdigkeit des weltlichen Betriebes. Nimmer sollst du darbend vor Mir fürbass gehn, sowie du dich und damit Mich erkannt hast in der grandiosen Schau, auf was du *Bist*, im Universensinne, Seinssalut und seelenvollen Brüten.

Denk in der Stille des Gestilltseins an das Unerhörte, das Ich leichthin dir besage und betrachte deines Seins Geschmeidigkeit und Wohlgefälligkeit als eine Gabe Meiner puren Generosität und Meines Schöpferwillens überall in Meinem gütestrahlenden Allhier. Sei dir was Ich Bin: Des Seins glückseligmachende Gebärde auf der Weltenliebe Spur, der Tröster der Betrübten, Vorbild der Besinnlichen und Herold aller Zartheit des Geschicks, in der Himmlischen Geleit und Heiterkeit im Wunderbaren.

1.2
Wie gelehrig du auch immer sein magst, Ich nehm dich auf in die erlauchten Ränge Meiner Schülerschar, wenn du nur immer willst in deinem Leben wahrhaft königlich, nachhaltig und gewaltig reüssieren. Steigbügel Bin Ich dir aufs hohe Ross der virtuosen Menschenbildner und Propheten, deren Ruf weit durch die Lande hallt und sich bei aberviel empfänglichen Gemütern niederlässt, um sie in guten Treuen mit der Trefflichkeit des Gotteswortes zu belehren.

Magst du's würzig, will Ich dir Gepfeffertes und Tränentreibendes servieren, kann dir Mildes, Weichgesottenes und Seelenvolles besser imponieren, trag Ich dich in eine Märchenwelt von süssen Phantasien, die dein Herz wie nichts erfreuen und ihm Labsal sind der allerfeinsten Art in Meinem Gottesgarten.

Wie sanft und seelensicher du erscheinst, Ich Bin es noch viel mehr und lade dich zum Tanze, den die Gottgeweihten und Erhabenen bewusst, begeistert und herzinnig pflegen. Das ist die bedeutende Gewähr, die Ich dir guten Mutes und Gedeihens bieten kann aus Meinem Kabinett der wohlbekömmlichen und sakrosankten Gaben, die dein Herz aufs Allerlieblichste beglücken und erheben mögen.

Mach hoch das Tor und lass Mich im Triumph in dein empfängliches, gutmütiges und heiliges Bewusstsein einziehn, als des Gottes Herold und Gefährte, der allüberall das Rechte und Gediegene verbreitet unfehlbar.

Rar und rührig zugleich Bin Ich dir das Auserlesene an sich in immer frohem Fluss und Wohlgeraten, Bin dir Trost und tapferes Gespür in wunderbarer Seinsallüre, Heiterkeit und Harmonie.

Was Ich dir Bin, Bin Ich Mir selber schon seit selig lächelnden Äonen auf der schwebeleichten Fahrt durch die glückseligen Gefilde Meiner Geistnatur. In ihr Bin Ich der wunderbar Gesegnete des puren Seins, dem alles untersteht und das Ich Bin im Reichtum Meiner selbst und Meines selbstgefälligen Betragens.

Vertrauen trage du in deines Herzens Beuge in das Wohl, das Ich dir willig sende, wenn du's nur empfangen willst und dich umfangen lässest von der Zärtlichkeit Elysiens in deinen Wundern und Holdseligkeiten. Das ist nun Meine Art und Weise, Wonne zu verbreiten, Wohlgestimmtheit und Glückseligkeit im Sternenreich, das Ich dir seinsverklärten Sinns auf immerdar beschieden.

1.3

Der Ich Bin, wird ewig, unversehrt balsamischen Gewissens seines Daseins sich erfreuen. Glaubwürdig und gerechterweis verkünde Ich dir dieses Faktums Vorzug und Verbindlichkeit, damit du aufmerkst wie es um dich steht, im makellosen Selbstwert, den Ich dir vor aller Zeit verliehen habe. Das ist und bleibt nun deine wahre Situation als Geisteswesen und Geschöpf des freien Über-dich-Verfügens.

Wie viel Lässigkeit, Versäumnis und Versagen hast du dir im Zuge der Äonen zugemutet, bis du so geworden bist, wie du dich schicksalsmässig darstellst heute im Allhier und wie viel hochbrisante Qualitäten musst du noch erringen, bis du als gotteslichtes Individuum im Glanze der Vollendung dastehst, makellos, gottselig und erhaben.

Genauso wie Ich Mich markant und majestätisch, meisterhaft und stimmungsvoll in Szene setze, sollst auch du dich unterfangen, es zu tun, im Sinn und Geist der göttlichen Allüre, Genialität und Rüstigkeit, die dich von Mir beseelt und dir des Seinsvergnügens Köstlichkeit beschert in vollen, runden Zügen.

Dass sie *sind* in der Gestilltheit und Verschwiegenheit der Meditation, erfahren alle grossen Geister, die diese in Extenso und voll Wonne pflegen, um sich ihres wahren Selbstes Wohlgefälligkeit und Würze zu erfreuen.

Das ist die Heilsgeschichte, die Ich dir und damit Mir zum x-ten Mal erzähle, um dem Weltensein, in dem du dich befindest, wahren Halt und Heilsgrund zu bereiten. Es ist der Urgrund für Mein Aufblühn in der Herrlichkeit Elysiens, wie der Holdseligkeit der gläubigen Gemüter, die von der Grazie der Sternenwelten, wie des Götterhimmels, was verstehn.

1.4

Harmonie der Welten, Heiligkeit Elysiens und Fabelhaftigkeit der Sphären deuten auf ein Innesein von wunderbar gesegneter Präsenz und ausgesuchter Höflichkeit und Heiterkeit Mir selber gegenüber. Und in der Tat, das trifft auf dich genauso sicher zu, wie es Mich unbedingt begeistert und Mir offenbart, von welchem Rang und was für einer überragenden Bewusstheit, Genialität und Echtheit - Meines Seins Substanz und Seelenreichtum ist, im Geistraum, den Ich allezeit und universenweit für Mich in Anspruch nehme.

Damit ist auch gesagt, dass alle Wesen, Welten und Gestaltungen von Mir geprägt, erfüllt, gesegnet und behütet sind, derweil sich viele noch im eigensinnigen und in sich selbst verliebten Zustand selbstzerstörerischer Weltverlorenheit befinden. Erkenne dich, o Mensch, will Ich dir auf den Kopf besagen und sogleich betonen, dass du konsequenterweise Mich dabei erkennst, der Ich dein Ein und Alles Bin in grandios bewussten und bewundernswerten Zügen.

Was macht Mich denn so heiter, selbstbewusst und siegessicher in der Euphorie und dem gestaltenden Elan, mit denen Ich am Werk und Wirken Bin seit eh und je? Dazu erfüllt Mich absolute Zuversicht und Seelenstärke, Geistgewandtheit und Ergiebigkeit in Meiner Art und Weise, Mich auf Kurs zu halten und Meine schöpferischen Qualitäten nonchalant und aus der Gottesfülle auszuspielen.

In dem Mass, wie Ich Mich sicher fühle, fahre Ich begeistert fort, allüberall mit neuen Schöpfungen, Erfindungen und reizenden Impulsen aufzuwarten. Eiferst du Mir nach, so handelst du exakt in Meinem Sinne und bewegst dich auf den Spuren der allgöttlichen Vernunft und fabelhaften Seinsgeschmeidigkeit im grenzenlosen Spiel.

Ich will und will auch Meinen Seelenfrieden finden in der Fähigkeit, Mich ganz in Mich zurückzuziehn, um *ob* dem Walten wissentlich im Wohlgefühl der Wonne und Entrücktheit, Zartheit des Empfindens und glückseligen Befindens im erhabnen Schweigen der Unendlichkeit zu ruhn.

1.5

Als so besonders tüchtig, wie *Ich* Bin, hat sich noch niemals einer universenweit erwiesen. Der Sprung zu Mir und Meiner Attitüde der Unendlichkeit ist viel zu gross, als dass ein Wesen, sei es noch so mächtig, prächtig und versiert, es jenem gleichtun könnte, den Ich, freien Sinns und fabelhaften Überragens, einst getan.

Nun lässt sich fragen, was du Bist, o Mensch, im kreatürlichen, natürlichen und eingefleischten Weltgetriebe? Eine Farce deiner selbst, die glaubt, recht viel aus sich heraus zu dirigieren und dennoch wirst du niemals etwas ohne Mich und Meinen Duktus und erhabnen Weltbefehl verrichten. Somit hast du dir zu merken, dass Mein Ich in allem, was da *ist*, als tonangebende Instanz rangiert, so dass ich ohne weiteres von Mir behaupten kann: aufs Ganze Bin Ich *dich* und somit bist du Mich in seinsbedingter Unerschöpflichkeit und Virtuosität, Bewusstheit und Empfindsamkeit in wunderbarem Selbstgenügen.

Wo geplant wird, Bin Ich überlegendes Geschick und ausgesprochen geniale Hüterin der guten Sitten in der Absicht, die Ich unerschrocken für Mich hege. Hingegen ist, was du beständig unternimmst, ein Tanz ums Goldene, das dir Beständigkeit und Sicherheit verspricht und ohne das Versprochene im Mindesten zu halten.

Da muss es dir zum allerhöchsten Heil gereichen, wenn du einsiehst, wie die Dinge wirklich stehn und dass ein Geistiges von namenloser Qualität und Herzensgüte dich durchs ganze Leben führt. Wahlverwandtschaft ist, was Ich dir Meinerseits als Option und Gleichmass ins empfängliche Gewissen lege. Ergreifst du sie, wird dir ein Goldschatz offenbar von unvergänglichem Bedeuten. Es sind der Geistwelt Glorie und Glanz, die dich im Innersten voll Seele und Behutsamkeit berühren. Eine neue Welt ersteht in dir, von Wohlgefälligkeit und seelenvoller Heiterkeit durchzogen. Du lebst und webst in ihr fortan in einem Freudentaumel der Begeisterung am Sein und Leben, dem Ich in derselben Weise Pate steh und in dem wir uns aufs Allertrefflichste und Zärtlichste vereinen. Du Bist in Mir, so wie Ich in dir Bin und hast damit dein Ziel und deine Götterherrlichkeit gefunden. Alles ist in ihr bewegt und alles ruht in ihr in namenlosem Wonnesein, wie in der Unermesslichkeit und Grazie der Geistessphären.

1.6

Meine Meinung von Mir selbst verändert sich in feinen, konsequenten Zügen: von dem Einen zum unendlich Vielen, vom einfach Dargestellten zum Komplexen und vom Kulanten zum nervös Gewordenen im stockenden Verkehr. Was Wunder, wenn die Sehnsucht in Mir wächst, zuzeiten wieder ganz in Mich zurückzukehren und das Wohlbefinden zu geniessen, das aus dem Sein in Seiner Fülle, Fabelhaftigkeit und Liebenswürdigkeit erwächst im Geiste, dem Ich Mir bewusst Bin, innig, glanzvoll und global.

Eine leise Melodie des Hoffens auf bewundernswerte Zeiten glüht und blüht in Meinem Herzenskalendarium, wo sich die Schau auf das, was universenweit geschieht, Blatt um Blatt vollzieht.

Was Ich Mir Bin, lässt sich auf keinen Fall von irgendwem bestreiten, denn Evidenz ist unantastbar in sich selbst und Bewusstheit trägt sich selber seelenvoll und heiter himmelan.

Wie Ich dich kenne, bist du noch mit allen Fibern schicksalsmässig und riskant im Irdischen verhaftet und gewährst dir ob der Vielfalt deines Brauchtums weder Rast noch Ruh in deinem Dich-Gestalten. Da ist es Meine Absicht, dir in so und so viel gütestrahlenden, taufrischen Lektionen deine Meinung von dir selbst und von der Welt, der Meinen, anzugleichen, damit du mählich einsiehst, welche Wunder dich in deinem Sein erwarten. Taubentänzerisch und frisch geschniegelt und gebügelt, frei und fröhlich sollst du vor Mir hergehn, als das Nonplusultra einer Evolution ins götterlicht Bewusste, die dir die Verklärung bringt und alles Sehnen stillt und deinem Sein die Krone aufsetzt, würdig, graziös und wunderbar.

1.7
Meine Werte schmelzen in dir allsogleich dahin, sowie du dich den Fängen der Vernunft, wie der weidlichen Verehrung fester Güter hingibst unter Myriaden.

Du gerätst bei Mir ins Zwielicht einer Halbkunst, wenn dein Trachten nur noch Elektronischem gewidmet ist und deine Phantasien nur auf ihm basieren. Umfassendes Verstehn der Welt kann nur in Mir und unter Meinem benedeiten Namen in der Menschenwelt florieren. Hin und wieder mag dein Sinn den Meinen im Vorübergehn der Zeiten streifen, doch so ist Meinem Anspruch und Befehl mitnichten schon Genüge und Vollzug getan. Du schwimmst in zweifelhaften Freuden, sag Ich dir, solang du nur dem Wohlstand und den Leibeslüsten frönst und dich vor Meinem Angesichte zu verbergen trachtest. Welche Ironie! Dabei heimsest du von Meiner Seite einer Gütergüte Wohllaut, Sicherheit und silberglänzende Tantieme sondergleichen ein, wenn du nur immer Meiner Geistesgegenwart und Glorie dich versiehst. Das soll geschehn auf deiner langgedehnten Wanderschaft in höhere Regionen, wo der Herzensfriede thront und die Gemüter sich in Meinen Sphären zärtlich und verbindlich wiegen.

Du schmückst dein Schicksal aufs Entschiedenste und Wohlgefälligste mit einem Kranz von Blumen: aus Gerechtigkeit, Beschaulichkeit, Verehrung Meiner Gunst und Grazie gewoben. Vertrauen in Mein Sein, wie alles, was da von Mir *ist*, kann dich zu höchster Einsicht in das Wahre, Wirkliche beflügeln, zweifellos beglückend, seriös und seinsintim. Da brauchst du nur dich gänzlich Meinem Einfluss, Seinssalut und Ritual dahinzugeben, um die Hirngespinste des Erfolgs und Wucherns, die dich noch umgarnen, aufzulösen, dass du frei und fröhlich, makellos und majestätisch vor Mir stehst im Gottesmenschentum, das Ich dir wunderbarerweis dahingegeben.

Eine Geste deines suchenden Gemüts veranlasst Mich, dich auf den rechtgesinnten Weg zu Mir zu führen. Doch musst du ihn geduldig, tapfer, hoffnungsvoll und lichterloh begeistert selber gehn und sei's bis zu den Sternen, die, sich dir verstrahlend, in der Unermesslichkeit des Himmels schweben. Dein Bewusstsein soll sich akkurat an deinem Schicksal schärfen, weiten und mit der Zauberkraft des Ewigen versehn, bis du vollends in Mir und Meinen Sphären heimisch bist und in den Wonnen des Elysiums für immer aufgehoben.

1.8

Dein Suchen gehört schon dem Freiesein und Freien an. Mitten im täglichen Kram wirst du Mich finden. Denn mehr als du ahnen magst, Bin Ich dir friedlich und mütterlich nah. Hast du im Herzgefühl Meinen Geistruf nur einmal verstanden, wirst du sein freundliches Werben und Weben beständig zuinnerst verstehn. Trau dem Gefühl, mit dem es Mir gelingt, Mich dir vertraut zu machen und in liebevoller Gangart dein Begleiter und Beschützer, Friedensstifter und Gestalter deiner Wesenswelt zu sein, in wohlgemessnen Zügen.

Stets Bin Ich dir Vorbild, Sachverständiger, Vermittler guter Gaben und befreiender Galan. Was du nicht weisst, ist Meinem Sinn schon seit Äonen zugekommen, sodass du von dem Reichtum Meines Seinsgewissens zehren kannst, wenn du nur treulich zu Mir stehst und Meinem Mich-voll-Grazie-an-dich-Vergeben.

Gelingt es dir, in Meiner Sphären Duft und delikate Wohlgestimmtheit einzutreten, bist du wie verzaubert ob der makellosen Fülle, die sich dir gewährt. Denn, steht auch geschrieben: "Gott ist gross", so ist es umso wichtiger, sich seiner Herzensgüte, Sanftmut und bewussten Zartheit wirklich zu versehn.

Was immer du hier willst, hab Ich dir längst gewährt in Meiner allumfassenden Beweglichkeit und Raffinesse, Voraussicht und untrüglichen Erkenntnis deines Wesens. Einmal wirst du bis ins kleinste Detail und Bedürfnis, Pinselstricheln und Polieren *Mich* in dir am Werke sehn. Denn wo Können ist, ist auch Genie und wo Gekonntheit durch die Räume flutet, folgt die Freude am Gelingen auf dem Fuss. Fabelhaft sind die Facetten Meiner Züge, vielbewundert die Ereignisse, die Ich voll Anmut, Zuversichtlichkeit und Grazie heraufbeschwöre. Ich lege ständig zu und du darfst dir die besten und vorzüglichsten, bekömmlichsten und rarsten Häppchen von Mir abservieren. Das ist nun Mein Metier, wie deins, Natürlichkeit zu zeigen. Grosszügigkeit im Geben, wie im Nehmen sei dein Hochgebot, das du landauf, landab aufs Peinlichste befolgen sollst, um Mich zu ehren in den Vielbeglückten, die sich um dich scharen.

Ernenne du dich selbst zum Admiral der guten Taten, die dich feinfühlig werden lassen für das Gottesreich, durch das du lächelnd dich bewegst und das dich von Mir grüsst, bezaubernd, heiter und erhaben im glückseligmachenden Vorübergleiten.

1.9
Du magst noch so schön sein, bella Donna, dass du Millionenfach erscheinst in den Gazetten, Mouvies, Albums, wie den sensibilisierten menschlichen Gemütern: liebenswürdig muss auch deine Seele werden, damit Mein Werk an dir schlussendlich zur Vollkommenheit gerate. Überall ist dieses Mass im Weltengarten etabliert und handelt von dem Ausgezeichneten, das Ich in Mir und Meinem Anhang Bin in wunderbarer Harmonie. Wie kannst du da noch zweifeln, ob sich die Bekanntschaft und Beschäftigung mit Mir auch wirklich lohnt im Austausch und Empfangen unzählbarer Geistesgüter, die im Ruf des Heilen, Hocherhabenen und Sakrosankten stehn.

Wie du wissen solltest, lässt sich wohl mit allen, aber nicht mit Mir, ein Spielchen treiben hinter einer hübschen Maske, die dein wahres Angesicht schönfärberisch verbirgt und meint, es könne niemand durch die zierlich aufgerichtete Fassade schauen.

1.10

Nur Ich und Ich Bin kompetent und sicherlich genug erfahren, um befugt zu sein, in sämtliche Beziehungen, Agglomerate, Krisenherde und Belustigungen weltweit einzugreifen, um sie nach Meinem Gusto umzuformen und zu pflegen, bis sie ganz wohlgefällig und gelassen vor Mir stehn. Noch ist viel Krempel, Schutt und Ungehörigkeit aus Meinem Haus hinauszuwerfen, bis es in bewundernswerter Wohnlichkeit erglänzt im Lichte der Vernunft und Wohlgesittetheit, die Ich gezielt um Mich verbreite. Wohl steht es dir, allwie dem Bunde deiner Lieben, an, vollends zu Mir zu halten in der Tage Fluss, Gekräusel und Gespiel. Denn schliesslich laufen ungezählter Welten Fäden allesamt bei Mir und Meinem Angebind zusammen, wo sie in starker, milder Hand gehalten sind zum Wohl der auserlesenen Gemeinde derer, die an ihnen hangen, universenweit gesehn.

So ist für immer garantiert, dass eine unité de doctrine herrscht in allen Aktionen, Melodramen, Stiftungen und Seinsbezügen Meiner Kompetenz und Konvenienz landein, landaus im Hier und Dort vor Meinem Antlitz reinen Liebesstrahlens. Auch du bist ihrem Wohllaut, Wissen und Bewegen untertan und kannst dich meinen, in so noblem und gefälligen Dienst zu stehn. Keine Grenzen habe Ich um Mich gezogen, wo es darum geht, erkenntnisvolle Geistesblitze in Mein Umfeld zu versenden. Streift dich ein wahrhaft genialer und gewinnender Gedanke, so Bin es immer Ich gewesen, der ihn dir versandte und in Treue und Vertraulichkeit gewährte, um dich zu ermuntern und erbauen in des Lebens anspruchsvollem Gauklerspiel. So trittst du denn an Meiner Stelle an, was du im Glück der Stunde auch erkennen, estimieren und in Meinem Sinn bestätigen magst vor aller

Augen, wie im Augenblick des Handelns, wach, wohlbedacht und zeitenlos.

Das ist nun Meine Regel, dass Ich Mich so vehement in alles, was da *ist*, vergebe, bis es Meiner Absicht, Güte und Gewissenhaftigkeit entspricht manierlich, ausgezeichnet und vital. So wird dir alles, was du in Mir unternimmst, zum Heil, zur Wohlfahrt, Heiterkeit und Herrlichkeit Elysiens gereichen, das Ich dir Bin und das du Bist in Meiner Einfalt, Seelenseligkeit, Bewusstheit und beglückenden Regie.

1.11
Selig sind die Weisen an sich selbst und an der Welt, denn Ich werde Mich als ihresgleichen ihrem Selbstgefühl und ihrer Wohlgemutheit offenbaren. So wie du *Bist*, Bin Ich ein unvergleichlicher Garant der guten Hoffnung und der ewigen Heiterkeit in dir. Denn die Tage deines Darbens sind gezählt und ihnen folgt die Freundlichkeit und Minne, deren Quell Ich Bin sogleich, wie du dich mit Geduld und gutem Willen Meiner Sache zugetan.

Ich glänze, wie der Sonne liebelichter Strahl und sende Mich in ihm unendlich gütevoll dem Weltenbund entgegen. Was in ihm Dürre war und Drangsal litt, wird durch Mein warmes, sanftes Rufen neu belebt und darf sich als gerettet fühlen und gestärkt im Gnadenreich des Lebens und der Wohlgefälligkeit in Mir.

Meidest du den Seelenaufruhr, kann Ich dir zu seliger Gestilltheit und Glückseligkeit verhelfen im Gemüt, wie in der Wohlfahrt liebevollen Schweigens, dem du dich zuzeiten unterziehst. Weiche nicht von Mir und Ich will immerdar das Wesen deiner Mitte sein und das Beständige inmitten einer flüchtig und fatal gewordnen Welt von Ausgelassenheit, Genusssucht und Empörung. Willst du den Herzensfrieden in dir hoch und heilig halten, gibt es nur den Weg zu Mir und Meinen sakrosankten Gütern, die da sind: Gerechtigkeit in allen Winden, Wohlgeordnetheit der streunenden Gedanken und Vertrauen auf die Hilfe der erhabnen Geister in den Gotteshöhn. Du bist gut, wenn dich die Güte Meiner Schwingen überschattet und die Redlichkeit, die Ich allüberall verbreite, dich erreicht in deiner Unentschlossenheit, wie deinem zimperlichen An-der-Lebenswelt-Verzagen. Spür doch die Kraft der Überzeugung in dir, dass du Bist und dass das Echo deiner Taten Meinen Sinnen offenliegt und Mich veranlasst zu erbaulichem und seinsvertraulichem Erwidern.

Fügst du dich willig, aufgestellt und überzeugt in Meine Fügung ein, kann Ich dich zu den Auserwählten und Verbündeten, Erhabnen, Seinsbewussten und Verklärten zählen, denen nichts mehr fehlt, weil sie sich von der Fülle Meiner Gaben überschüttet und befruchtet fühlen. Wesentlich ist, was du in Wahrheit Bist und was Ich mit dir teile in der Wohlgeborgenheit und Auserlesenheit Elysiens, in die Ich dich voll Verve, Wahrhaftigkeit und Wohlgewogenheit entführe.

1.12
Worin bist du aufs Allerlieblichste bewandert, frag Ich dich recht mütterlich mit ernsten Strahlenaugen? Bringt es Trost für die Betrübten, Glück ins Herz der avancierten Gottessucher und Propheten der Barmherzigkeit am Sein und Leben? Nur auf diese Weise lass Ich gelten, was du Bist und überall verbreitest als das Mass der Dinge und die Wurzel allen Wohlgefallens im Allhier.

Rechne du dir aus, mit welcher Art von Bodenständigkeit du wohl am raschesten vorankommst im so vielgeliebten Menschenleben, das du willig, nillig für dich führst und vergleiche es mit dem, was Ich dir vor die Augen und die Nase halte. Bass erstaunt wirst du dich fragen müssen: Bin ich denn so fehl am Platz mit allem, was ich mir gemeinhin leiste in des Lebens langgedehntem Würfelspiel? Du bist es nicht und dennoch fehlt dir das Entscheidende: dass du dich selbst erkennst als vielgeliebter Assistent der Art und Weise, wie *Ich* Meine Ziele radikal verfolge die da sind: Das All mit allem, was da *ist* zur Seinsvollendung hinzuführen. Recke dich und strecke dich, will Ich dir sagen, Mir entgegen, bis du wahrhaft Gottes Licht und Gottes Grösse in dir wachgerufen und vereidigt hast in deinem multiplexen Streben.

Es gehören namenloses Seinsvertrauen, Selbstbewusstsein und Beschwingtheit dazu, dich zu Mir emporzuführen, wo die Leichtigkeit Elysiens, sowie die Wonne der Verklärten dich umfängt und alles gut, vortrefflich und erhaben ist, was du im Glück der Stunde, wie in der Glückseligkeit des Ewigen, vor dir bestätigt siehst.

Hier soll es dir an Eigenständigkeit nicht fehlen, indem du völlig mit dem einen, reinen und beseligenden Sein verschmolzen bist, das allem innewohnt was *ist* und dem die grössten Geister und Gelehrten Gottessucher und Erfinder seiner Majestät zu huldigen haben.

Leiste dir den Aufschwung in das Geistgebiet, das Ich verwalte und sei dir selbst ein König der Barmherzigkeit an deinem Schicksal, als zu deinem, wie zum Wohl der Welten, die vom Hier bis zu den Sternen reichen. Nur in ihnen bist du wahrhaft gross und seinsbewusst und darfst dich Überwinder und Vollbringer Meines Anspruchs auf

Bedeutsamkeit und Seinsgerechtigkeit, Versiertheit und All-Liebe nennen.

Komm und laufe deine Bahn bewusst in Mir und *sei,* was immer du dir bist, Mein Angelos und Meine Avantgarde in erhabenen, gottseligen und gütestrahlenden Allweiten.

1.13
Wohlan, es lassen sich die Menschengeister gern von der Musik zu Wohlgenüssen höherer Art verführen. Was von ihr sanft und innig in die Seele perlt, beglückt das lauschende Gemüt aufs Angenehmste und verbindet die Geladenen zu einer festlichen Gemeinde von glückseligen Geniessern. In der Tat, Ich überschaue sie und sehe die zum Sein erhobenen Gemüter in Begeisterung strahlen, wohlgefällig Beifall spendend, wenn die bezaubernd süssen oder vehement gezognen Geigentöne sich verzogen haben. Immer sind es wohlgelungne Klänge, die das Herz berauschen, die Beglückten liebevoll auf andere Gedanken bringen und sie so befreien noch vom allerletzten Weh.

Wie kaum auf anderen Gebieten menschlichen Gehabens bringt das Musikalische ein geistiges Geschehn ins Spiel, indem es von Empfindung zu Empfindung gleitet und das Seelenvolle an sich aufs Gediegenste und Wunderbarste offenbart.

Was vermutest du, das hinter so viel nützlicher und wohlbekömmlicher Betätigung sein Wesensein verbreitet? Ich, der modulierend und verzierend, genial gestaltend eingreift ins begeisternde Geschehn. Es ist der Götterwille, der bezaubernd und bewusst sich selbst verspielt im all so köstlichen Gewoge und damit dem Menschenmass ein übersinnliches Gepräge garantiert, von dem die Lauschenden beglückt und seeleninnig zehren.

Wüssten sie doch, dass in allem menschlichen Verrichten Geisteskräfte sichtbar werden, die von unerhörter Aktualität, Brisanz und denkerischer Vollmacht triefen. Wie gingen ihnen doch die Seelenaugen auf und liessen sie ein gänzlich neues Weltbild schauen, wo das Wirkliche im Unsichtbaren sich vollzieht und das, für die ins Weltgeschehn-Verflochtenen, ihr Wirkliches zur Illusion macht Tag und Jahr.

So steige Ich als eine weisheitsvolle Geste göttlicher Präsenz vom Oberen zum Unteren hinab und lasse Mich gewollt, belehrend und gekonnt vom unbewussten Menschenvolk traktieren. Einmal wird es dann erkennen, dass es *ist* und dass Ich in ihm Meine Genialität, Gewissenhaftigkeit und Zauberkraft artikuliere. Denn es steht in goldnem Klartext in das Weltliche geschrieben, dass *Ich* Bin das Allergrösste, Einzige und Wahre, das da *ist* das Sein in allem, wesenhaft und gütig, transzendent und zärtlich auch in dir.

Lerne *Mich* erkennen und du hast der All-Erkenntnis freie Bahn gegeben; kenne, was dem Universum innewohnt und schon hast du dich selbst erkannt, als Geist vom Geiste, Göttliches vom Göttlichen und liebevoller Seinsgefährte aller vielgeliebten Dinge im Allhier.

1.14
Kein Hälmchen wächst auf Erden, von dem Ich nicht die Stunde weiss, die es geboren. Ein Hälmchen nur und dennoch ein bewundernswertes Schaustück der Natur, die Ich Mir Bin und die Ich unweigerlich und vehement in Mir behüte. Hast du begriffen, welche Inbrunst deine Seele alledem entgegenbringt, was du in deiner Eigenart geformt hast, kannst du auch die Wissenschaft und Wohlge-

wogenheit, das Mäzenatentum und die bewusste Akribie begreifen, die Ich Meinem Universenwerk entgegenbringe in der Sternenzeiten Millionenzahl.

Es trifft sich gut, wenn du gerade jetzt dich von Mir allen Ernstes inspirieren und belehren lässest, denn die Stunde hat geschlagen, wo dein grossgewachsnes In-dir-Sein sich mit dem Meinen recht vertraulich, liebevoll und lind vermählen soll in einem Akt der veritablen Seinsbewusstheit, die dir künftig eigen. Dem folgt ein wunderbar beseligender Reigen von Gedanken, die dein Weltensein betreffen und in denen du dich in die Höhen wiegelst einer Schau, auf was du *Bist*, von überwältigender Schöne. Es ist ein unveräusserliches Einigsein mit Mir in jeder Weise deines Dich-Erkennens als der Geistesstärke Kundiger, wie der All-Liebe Lauschender in gottseliger Gewähr.

So wimme denn in Meiner Schwingen Wohllaut, was dir frommt in deines Lebens Wohlgefälligkeit und Stil. Denn es kleidet dich famos und wird dir nie verleiden, wenn du nur die Treue walten lässt dir selber gegenüber und damit auch Mir, der Ich dein göttlicher Gespan und Hirte Bin, Ideenträger und beseligender Künder des Allherrlichen, in dem Ich Bin und wese.

Sprichst du dich so aus, so spreche *Ich* aus dir und beflügle deine Worte mit des Gottes liebelichtem Strahl. Erbaue dich an dem, was Ich dir leichterdings besage und *sei*, von Mir im Hier ins wunderbar beglückende und deinen Sinn berückende Elysium getragen.

1.15
Unsportlich ist, was nicht dem Willen und Befehl des Captains adäquat ist, denn die unité de doctrine wird damit verletzt und kann das Team schluss-

endlich zu erheblichen Verlusten bringen. Nichts ist näher, als dieselbe Regel auch auf Mich, den Götterboten, zu beziehen, der sein Menschenteam mit wohlerwogenen Weisungen begabt und hofft, es werde sich im grandiosen Lebensspiel bewusst an diese halten.

Was geschieht? Noch allzuviele wissen sich nicht nach dem Göttercomment zu benehmen. Das macht, dass noch in Myriaden Präsentationen Missgunst, Kauderwelsch und Tücke herrschen. Wer das mählich wieder einrenkt, kann nur Ich sein, der mit wunderbarer Übersicht und Präzision die einstige Gelenkigkeit, Rechtschaffenheit und Haltung wiederherstellt, deren Zeuge Ich zuallererst gewesen. Was Mich betrifft, ist alles an Mir seit Urzeiten liebelicht und schön, derweil die Winde der Begeisterung am Sein von Mir glückselig in die Lebenswelten fahren. Seinsgewandt, entschieden rücksichtsvoll und wahr, ist es die überragende Potenz der göttlichen Natur, von der Ich alles, was Ich Bin, behutsam, leistungsstark und liebenswürdig übernehme. So *gilt* für alle Zeiten, was Ich Mir schauend Bin und wie Ich Meine Werte und Besitzungen verwalte. Mach es, in Mir seiend, ebenso, entschieden und gefestigt, gläubig und dir selbst bewusst, gottselig, sakrosankt und meisterlich geworden.

1.16
Der Himmelfreude Schub sollst du von Mir erfahren, Meiner Art gemäss im Unergründlichen. Die Stunde ist gekommen, wo jedes Menschenwesen sich entscheiden muss für eine radikale Herzenskur in Meinem Sinne oder für den altgewohnten Schlendrian, indem es sich wie Treibgut niederfahren lässt im behäbig breiten Lebensströmen.

Für jeden Weltenbürger gibt und gäbe es noch soviel Nützliches tagtäglich zu vollbringen, das die Weltenevolution vorantreibt und dem Sinn des Lebens ein Gesicht verleiht von namenloser Schöne. Du kannst nicht zugleich Zweien dienen in der Herrschaft und Gebundenheit so vieler, selbstgefälliger Gemüter. Eine tiefgefasste Einsicht muss dich überkommen, dass nur *Ich* zuallererst und - alleroberst dazu ausersehen Bin, dein Licht und deine Wahrheit auszuspielen.

Dein Hiersein ist ein irres Wandern ohne Richt und Ziel solange, bis du Meiner Insel wahren Friedens und Gedeihens sichtig und gewiss geworden bist in der Unendlichkeit der Räume und Gezeiten. Was dich dort erwartet, sind tiefinnige Gelassenheit, galante Wohlgeborgenheit und eines süssen Herzensfriedens Fluss und Stil von unnachahmlicher Holdseligkeit und Grazie am Hiersein-und-den-Weltentag-Erleben.

Das sag Ich dir: Du bist nicht irgendetwas oder irgendein Gefälliger der allerliebsten Lebensmelodie, durch die sich allsoviele tummeln, schummeln und verbraten in penibler, plumper und statistischer Manier. Hingegen soll dir's angelegen sein, ein wunderbar herausgehobnes Selbstbild von dir zu entfalten, das dem göttlichen Impuls, der in dir tätig ist, entspricht und der dich dauernd und dezent dazu ermahnt, dich anzustrengen und auf frohe Höhenfahrt zu gehn in Meinem Sinne, Sinnkreis und Begaben.

Einmal muss es dir aufs Trefflichste gelingen, *Meiner* Botschaft Spuren aus dem Wirrwarr, der vor dich Gelegten, säuberlich herauszufinden, um dich so ins Bild zu setzen von dem dir gemässen Auftrag, den du zu vollbringen hast in deinem Laborieren. Das Weltenepos soll dir angelegen sein und die Gesetze Meiner Weisheit sollen dich zum rechten

Tun beflügeln in der vollbewussten Weltenbürger Chor. Du Bist und bist dazu berufen, eine noble Ziffer und mitnichten eine Null zu sein in der Gesellschaft der Proleten, Radikalen, Möchtegerne und gewissenhaften Förderer der Kunst, sich richtig und Mir angemessen zu benehmen.

Trage nun den Abschied von der altgewohnten Lebensweise in dein Notebook ein, sowie die Niederkunft der Zeiten, die dich in die Gottessohnschaft und Gediegenheit der Göttersphären führen. Du hast in ihnen die Bewusstheit von dir selber zu erlangen in des Übens virulentem, unermüdlichen und wonnevollen Stil. Dann hüllt dich mählich und gewiss die Heiterkeit des Himmels ein im lauschenden Gemüte und die Weiten des Elysiums erscheinen deinem auferweckten Geiste in des Gottes allumfassender Gebärde, die zu deiner werden soll im heilgewordenen Olé. Alles, was das Sehnen deines Herzens dir verspricht, wirst du in Mir erlangen, der Ich Bin das Unermessliche und Liebevolle ganz nach deinem Gusto und geläuterten Befehl. Sei dir deines Einsseins mit den höchsten Geistessphären voll bewusst und rette so den Menschentyp hinüber in das Reich der wahren Wirklichkeit, der Unbescholtenheit, Holdseligkeit und Liberation ins himmlische Genügen.

1.17
Wählerisch sollst du in allem sein, was dich persönlich angeht, weil Ich dich nicht gern in Fallen tappen seh. Jedoch was Mich betrifft, da gibt es nichts zu wählen, denn in dem Einen kannst du nicht ein anderes finden und in dem Allgemeinen strahlt dir, was für alle gilt, bedeutungsvoll entgegen.

So einfach wäre alles, wenn du nur erkenntest, dass dein Sein und Wesen einem Höheren und

Unerschütterlichen angehört, dem du zuallertiefst vertrauen kannst in deinen doch so brüchigen Intensionen. Was immer dich belastet, laste du Mir an, will Ich dir ins Gewissen sagen, denn Meine Stärke ist als absolutes Tragwerk im Unendlichen begründet, das Ich Bin und dem es nie gebricht, das Wohlerwogene voranzutreiben und ihm damit Salut, Beständigkeit und Unerschrockenheit zu garantieren.

Verwähl' dich also nicht und schau allein auf das, was *Ich* dir Bin in grandios gefächerten und siebenfach erwognen Zügen. Denn wo allzuviele noch im Nu im Fehlerhaften steckenbleiben, Bin Ich Mir der sakrosankte Träger der unendlichen Gewähr für Kontinuität, Geschliffenheit, bewusstes Handeln und Ergebnisse, die überall Bewunderung und stehenden Applaus bewirken.

"Halte dich an Mich", ist demnach Meine allerwürdigste Parole und "verhalte dich vortrefflich und gewandt in *Meinem* Sinne, wenn die Lebenssorgen dich belauern und des guten Muts berauben wollen".

Deine Selbstbestimmung sei: In *Meinem* Wirkungsfeld zu weilen und damit getrost und heiter mitten in der Lebensflut zu stehn. Erkläre Mich als deinen Herrn und sei dafür in jeder Weise bestens aufgehoben, *sei* und singe Mir das Lob des innigen Vereintseins mit dem Himmelvater unter der Ägide seines Heils und im Bewusstsein seiner Grazie und Güte, wohlgeborgen in der Traulichkeit des Sternenbogens.

1.18
Hoch erfreut Bin Ich darüber, dass die Menschenvölker vehement dahin tendieren, ihrem Glück und ihrem Wohlbefinden auf die Spur zu

kommen. Denn das ist der veritable Anfang einer Seinsgeschichte, die genau auf Meiner Linie, Richtschnur und Gesinnung liegt, seit allem Anfang, den Ich längst aus Meinem Blickfeld und Regal verloren habe.

Nur, dass die ehrenwerte Masse der so sehr um ihre Wohlfahrt, Wonne und Glückseligkeit Bemühten den Rezepten auf die Schliche kommt, die sie auch wirklich zum ersehnten Ziele führen, ist Mein inniges Begehren. Dieses aber möchte alle Menschenwesen auf dem Weg des Seinsvertrauens und der Selbstbewusstheit wirken sehn. Solche Werte sind nur in geduldiger Kleinarbeit am eignen Wesen zu erreichen und die ist geprägt von einer täglich ausgesparten Zeit des Abziehns der Gedanken von dem so rasanten und durchtriebnen Weltendorfgeschehn. Du wirst dann die Kunst erlernen, ohne jedes Sinnen einfach da zu sein, damit die Weisheit einer Geistwelt in dich ströme, die dich immer weiter führt in eine Selbstbewusstheit und Beglücktheit ohnegleichen. Die ist ganz real für dich und eben wirklicher als all die Ängste und Trübseligkeiten, die dich für sich einzunehmen trachten. Du stehst im Bunde mit den Schöpferkräften, die voll Zuversicht und Siegessicherheit ihr Werk an dir und aller Welt verrichten. Rufst du sie um Hilfe an, so kommen sie dir allsogleich entgegen, um dir klar zu machen, dass du ohne jede Sorge auf dem Pfad des Einsseins mit der Gottesweisheit weiterschreiten kannst, der Vollendung deines Wesens, wie der Welt, entgegen.

Das ist nun deine Chance, um wahrhafte Selbsterkenntnis und damit auch Welterkenntnis zu erlangen. Rüste dich und *sei*, so wie Ich Bin, will Ich dir sagen und bewirke Wonne, Lebenstüchtigkeit und Überlegenheit in allem, was du Bist und was dein Herz begehren kann.

1.19
Wer bestimmt, was werden soll in Meinem Reichtum und Juhee? Ich allein, als der erhabene und sakrosankte Senior in allen Weltenwirkbereichen und Wahrhaftigkeiten, die Mir eigen. Meine du niemals, du seiest etwas, ohne zugleich Mich zu sein in deinen Sonderheiten, Krabbeleien und erlittnen Sanktionen. Immer gilt, was *Ich* im Grandiosen und unendlich Seinsgefälligen bestimmt und eingerichtet habe. So marginal du dabei bist, du sitzest doch mit Mir im selben Boot und kannst dich Meinem Willen unterzieh'n oder ihn zu torpedieren suchen. Weiser ist das Erste, denn das And're führt ins Jenseits aller guten Dinge, das du tunlich meiden sollst in deinem all so menschlichen Benehmen.

Wiederhole nicht, was Andersgläubige dir sagen, sondern steh auf was von Mir kommt in der Gottesweise Meines Anhangs und geläuterten Befehls. Bist du Mein Goldschatz, muss Ich dich auch hüten, wie den Augenstern, der sich so gern im reinsten Sonnenlichte badet. Merk dir das und sei getrost inmitten deiner Unbegreiflichkeiten und verwirrenden Allüren. Immer Bin Ich da, dich aufzurichten und dir mahnend, milde oder philanthropisch beizustehn. Lässest du Mir Zeit, so will Ich deine Einsicht in das Wesen Meiner Welt, wie deiner, tüchtig und galant befördern, um dich stark, selbstsicher und salut zu machen im Allhier.

Eine Hirondelle macht noch keinen Sommer und so nützt dir auch ein punktueller Effort wenig, wenn du bei Mir Grandioses und Beständiges erreichen willst. Es ist der stete Tropfen, der den Stalaktiten bildet und so bildet dich die unermessliche Geduld am Lebenswerk, zu dem du von Mir und dir selbst berufen bist in deinem Dich-Verwundern.

Anerkennst du Meine Würde, bist du würdig, in den Dom des Heils, der Heilung und der Wohlfahrt einzutreten, den Ich dir voll Herzensgüte und Gewogenheit bereitet habe. Lichtdurchflutet, seelenvoll und heiter ist die Sphäre der Unendlichkeit, in die Ich dein Bewusstsein traulich und gekonnt entführe, wenn du nur Vertrauen fassest in Mein Sein, wie deins in jeder Weise deines Dich-Erfühlens. Komm und schreite wie auf Meereswogen, sicher und vertrauensvoll dahin, wo dich die Insel aller Seligen erwartet und es dir sonnenklar wird, wie die Weltendinge wirklich stehn. Erlebe dich im Augenblick und schon hast du das Ewige begriffen. Erhebe dich und schon lebst du in Mir und Meinen Gärten der Glückseligkeit und blühenden Gerechtigkeit am Sein und an der Sanftmut Meiner Sphären.

1.20
Wahrzeichen sind gediegene Gedankenstützen, die an diesem oder jenem Ort Erinnerungen wecken von prägnanter Wohlgefälligkeit, Ästhetik und historischem Bedeuten. Was scheint da logischer zu sein, als dass Ich Mich zum Zeichen Meiner selbst ernenne, als das Dominierende im Reich und Reichtum wunderbar gesättigten Brillierens. Somit ist dafür gesorgt, dass man Mir mit Ehrfurcht und Entzücken, Wohlgefallen und besondrer Wachheit gegenübertritt, um darzulegen, welchen Stellenwert man Meinem Dasein einräumt in der Zeitenfolge hier.

Kannst du dich dazu ermannen, ganz nach Meinem Vorbild auch an deiner Stelle eine absolute

Rarität und Sehenswürdigkeit und ein erbauliches Exempel darzustellen, kennt die Bewunderung, die man dir zuträgt keine Grenzen mehr.

Und wisse: Alles, was man Mir in diesem auserlesenen Zusammenhang entgegenbringt, muss Meine Art zu sein und Mich zu geben aufs Trefflichste betonen und jeden Widerspruch in Null und Nichts zerstieben.

Wende dich Mir zu, will Ich mit feiner Allegrie betonen und erfahre, welche Wohltat der Verkehr mit Meinem Hause und Gewissen darstellt in der langen Reihe der misslungenen Versuche, selber etwas darzustellen auf des Lebens Bühne und Altar. Denn was von Mir kommt, ist zum vornherein erhaben und verströmt Geselligkeit und Würde, Grazie des Allerhöchsten und Gediegenheit der Sterne, hinter die Ich Mich im Wohllaut Meines Selbstbefindens feierlich verzieh.

Erzieh dir *Mein* Begaben an und sei dir selber ein Idol und Manifest erhabner Güte, dem die Himmel und erlauchten Bürger darin ihren Lobgesang und ihre unverhohlne Referenz entgegenbringen.

1.21
Mancherlei Gestalten und Gewalten wohnen in den Geistessphären über dir. Die Einen schick und schicklich, vornehm und verbindlich Meinem Wahlkreis zugeneigt, andere auf eigensinnigen Pfaden, richtlos, treulos und verstiegen. Gedacht, getan, will Ich dir sagen und versuchen, dich der ersten Art und Weise des Gehabens zuzuschlagen, jedoch mit bedeutendem Bedacht. Denn schicklich sein, bedarf des tugendhaften und besonnenen Benehmens, braucht ein Image von Erlesenheit und Hoheit des Gedankenbildens, dem nichts gleich-

kommt in der ganzen vielverzweigten Lebens--strategie.

So ist eben Wissen, was es braucht und es auch redlich in die Tat zu setzen, voneinander recht verschieden. Da ist es Meine Schuldigkeit, dir beizubringen, wie man so, wie Ich, *ist,* in der Andacht graziöser Zeiten und der Unverbrüchlichkeit des Willens, unfehlbar und ewig gut zu sein am Horizont der auferweckten Lebenstage.

Brachland liegt gefällig und genug vor dir, um das in Szene und Regie zu setzen, was dir gut scheint und die Sache der Vernunft befördert. Not tut das Begaben mit Gedankenklare, gutem Willen und Versöhnlichkeit am Werk, das Ich dann akkurat für dich verrichte, dass es aufspriesst und sich überall verbreitet im unendlichen Geviert.

Mach es dir zur Pflicht, an das zu glauben, was Ich dir versprochen, zugeteilt und auserlesen habe. Denn die Basis der Erkenntnis dessen, was du tun sollst, ist recht schmal und braucht geschicktes Laborieren und Justieren, um damit befriedigend zurecht zu kommen. Doch um dich brauchst du in keinem Fall besorgt zu sein, solang dein Sein und Trachten dahin geht, Mir recht und reichlich, wissentlich und treu zu dienen, ohne jedes eigennützige Pardon. Bist du so, so bist du auf dem besten Wege, Meinen Glanz und Meine Götterherrlichkeit in dir zu sehn und damit auch die Seelensicherheit und Würde zu gewinnen, um beständig und gelassen, glückselig und apart im Trubel der Geschichte festzustehn in meisterhaft verehrungswürdigen Bezügen.

1.22
Befehl ist Befehl, sei hier zur Kenntnis gegeben und wird in Meinem Kontext und Geschmeide unweiger-

lich und allerbestens ausgeführt. Es neigen sich vor ihm die Palmen, wie die Palmbesitzer, die Ästheten, Anachroneten und Verfechter jeder Lehre, wie sie auch immer lauten mag. Mein Gedanke fliesst dahin in breitem, majestätisch aufgemachtem Strömen. Jeder Minderung abhold, vermehrt sich seine Macht und Würde noch durch jedes Wässerchen, das sich ihm anvertraut in blitzend reiner Unschuld, Ungeduld und Wohlgemutheit in des Geistestages sonnenlichtem Sich-Verstrahlen.

So bewegt Mein sakrosanktes Dasein alle Himmel, Höllenschlünde und Betriebsamkeiten einer Welt der absoluten Selbstverständlichkeit und Seelensicherheit, die haargenau auf Meiner Daseins-linie liegen. So sehr sich die Ereignisse und Manifeste, Manierlichkeiten und Prozesse auch zu überschlagen drohen, alle drängen nach dem einen, grossen Ziel, sich selbst zu sein und sich in ihrer Art und Weise über sich und ihren Standard königlich und majestätisch zu erheben.

Breitbrüstig und bestimmend tret Ich vor Mich selber hin mit einer Order von allüberragender Gewalt und Schöne: Dass Bewegung sei in Myriaden Zellverbänden und Strukturen, Hierarchien, Gladiatorenkämpfen und Genüsslichkeiten. Es ist ein forscher Aufmarsch merkantiler und subtiler Sonderheiten ohnegleichen, den Ich Mir leiste in der unerschöpflichen Gebärde, Glut und Frohmut Meiner Götterphantasien. Es erhält sich selber, was Ich immer auch bestellt und ernährt sich von den aberwilligen Wassern allen Seins, die in unzähligen Kanälen und Kanülen lobesam und kraftgeladen zirkulieren.

Was fällt dir ein, wird mancher sagen, tödlich und vermoderlich zu sein, wo doch noch so viel Raum besteht, um jedes Rinnsal, Rudiment und jeden Guss gebührend aufzunehmen. Was Ich postuliere und hinausposaune, ist Verwandlung, sind die Keime neuen Lebens, die aus allem Moder kräftig und gekonnt, glückselig, frühlinghaft und heiter spriessen. Nichts geht Mir verloren, alles endet, um in neuer Version und Wohlerwogenheit genüsslich wieder aufzugehn.

Über allem aber herrscht die seelenvolle Herzensruhe des In-sich-Gerechten, das Ich Bin, als Sein und Sinnen von allüberschauender Beflissenheit und Qualität. Ich ruhe in der radikal für Mich bestimmten Mitte friedevoll und heiter, derweil noch Meine Ränder und Ranküren tüchtig miteinander querellieren.

Demnach ist es für dich äusserst ratsam und gekonnt, dich Meiner Innheit zuzuwenden, die die deine ist in fabelhafter Übereinkunft mit dem Einen, das da *ist* in Selbstverständlichkeit und Eigenminne, ewiger Wohlfahrt und Natürlichkeit, hellwacher Sinnkraft und holdseliger Blüte im gesegneten Allhier.

1.23
Wählst du Wirbel, wirst du darin untergehn. Ich hingegen trage dir das Sanfte, Seidenweiche, Graziöse an, das alle Welt umwirbt, umsäuselt und ihr Herz betört, wie deins, in wunderbar besonnenem und auserlesnem Sich-Verfluten.

Wirf dich für einmal in die Rolle, die Ich wohlgefällig und charmant im Weltlauf spiele und besinne dich, auf was es braucht, um alle Kräfte, Säfte, Synergien und Errungenschaften wohlerwogen und bewusst im Equilibrium zu halten, dass sie sich in ihrer Eigenart ergänzen und dem Ganzen nützlich sind global.

Meinerseits ertönt die frohe Botschaft von der Auserlesenheit und Exquisitheit Meiner Mission im

Weltenleben, als Erzeuger aller Dinge und Beförderer der guten Sitten und des allgemeinen Wohls. Du jedoch bist dazu aufgerufen, deiner Fähigkeit gemäss das unvergleichliche Gewölbe menschlicher Verbindlichkeiten und Idole mitzutragen, sei es als versierter Kapo, wohlgemuter Festtagsredner oder schlichter Bürger auf dem Futterpfad.

Manifest der Güte sollst du sein im Werken, wie in Herzensdingen, so wie Ich es Bin im Myriadenkreise Meiner Lieben als Gewähr für Frieden, Eintracht und Geselligkeit. Schliess dich Mir an und sieh, wie sich dann alles, was du Bist und brütest, zur vollendeten Erhabenheit und Heiterkeit, Glaubwürdigkeit und Glorie stilisiert. Du Bist -und weisst es auch- ein Märchenprinz in Meinen Gärten und erfährst von Mir, was Liebe heisst und zartes Aufeinander-Eingehn, Seelenseligkeit und Grazie des Himmels in des Herzens Stille, Hochgemutheit, Wachsamkeit und Harmonie.

2

Vom Graziösen, das die Welt umwirbt

2.1

Terremoto und kein Traum: Ich lasse beben, Brücken stürzen, Wände klaffen, stieren Auges gaffen und wozu? Um das Herzblut zu erschüttern und die Titanenkräfte der Natur den Meinen gleichzusetzen in den schreckenstarrenden Gemütern. Denn Ich Bin der Herr und helfe auf und werfe nieder wie es immer Mir gefällt und zermalme, um die Massen wieder gottesgläubig, loyal, bewusster, hilfespendender und gütiger zurückzulassen, wo Ich, aberschweren Tritts, vorüberging.

Totenstille herrscht, und allsobald beginnt ein jämmerlich Geschrei und Klagen. Wehe Mir und wehe einer Welt im Bruch - im Umbruch, sag Ich dir. Das Äussere beginnt sich in das Innere zu kehren. Die Seelen lernen lauschen und – sich selbst verstehn.

Drangsal drängt zum Mut und Mut bewegt sich in den Göttersphären, die allüberall vertreten sind. Das macht, dass Hilfe, innig, dort geschieht, wo sie erbeten wird in Mir.

Nicht Todesschatten will Ich über dir verbreiten, sondern sonnenlichtes Leben und Gedeihen auf der Liebe Rosenspur. Ich will und wirke, weite dich und breite dein Bewusstsein über Himmelsherrlichkeiten. Noch herrscht ungeduldiges Erwarten, doch im Herzen Meiner Bürgen wird bald eitel Freude sein und seliges Erwachen in der Lauterkeit und Liebenswürdigkeit Elysiens. Bist du von Mir getroffen, trifft dich auch der Gottesgüte lichter, linder Strahl und lässt dich in der Wohlfahrt, Heiterkeit und Wonne Meines Liebeshimmels trefflich leben und gedeihen.

2.2

Die Werbetrommel für Mich rühren, heisst: Mit majestätisch angeregtem Duktus und auf inneren

Befehl Mein Sein und Sichten, Wohlgefühl und raumumgreifendes Gewissen aller Welt zu präsentieren als das Nonplusultra menschengötterlichter Evolution. Niemals kann zu hoch gestochen und riskant, phantastisch und verwegen sein, was sich so äussert. Denn es ist aus Selbsterkenntnis und Gediegenheit des Überlegens destilliert. Ein Frommsein sondergleichen resultiert daraus, Mir selber gegenüber, derweil Ich Mich, als in sich selbst bewusst gewordenes, unendliches System erfühle.

Was ist wahre Trautheit, wenn nicht der zierliche und zarte Umgang mit Mir in der Wohlgelungenheit und Unermesslichkeit der Göttersphären. Sie sind Mein Sein und Meine Seligkeit, Mein Wachsein und Mein Geistruf über alles hin, was Ich mit unverhohlener Begeisterung, Bewusstheit, Leichtigkeit und Liebelei in Mir gewahre. Rührend ist und radikal zugleich, was so in Mir ersteht an schöpferkräftigem Gedankengut und bildnerischer Raffinesse, die Mein Seinsgewissen, Meine Heiterkeit und Königslaune durch Äonen tragen.

Möchtegern muss Ich nicht sein, weil Ich schon alles Bin, was es zu sein gibt in der Welten Wunderwerk und Himmelsstrategie. Es gilt nur noch, Vorhandenes zu modulieren bis zum Geht-nicht-mehr und dieser Masse ein Gesicht und ein willfährig Lächeln zu verleihen. Das ist dann die Vollendung Meiner selbst in allen Regionen, Wirklichkeiten, Zeiteinheiten und Begünstigungen, die Ich Mir gewährt und auserlesen habe. Demgemäss ist nun das Allerwerteste In-Mir-Beruhn zu melden, das Ich im Grund genommen niemals angetastet habe. Sein im Sein, lichte Lauheit und Glückseligkeit sind Meiner Gegenwart Manier und lassen sich von Meiner allumfassenden Gebärde des Liebkosens nimmer lösen. Freude quillt und Frieden strömt durch Meines Seins geläutertes Gefieder in nie versiegender Beharrlichkeit und wunderbar gesättigter und heiler Harmonie, gelassen und geläutert vor sich hin.

2.3
Meilenweit von dir entfernt, ist noch lange keine rechte Ferne, wenn Ich Sterndistanzen ins Gespräch und Überlegen bringe: Lichtjahre, Supernova und so zierliche Filamente zwischen Myriaden Galaxien, die wie Himmelsbroderien anzuschauen sind.

Was verbindet dich mit diesen schauerlichen Tiefen, bringe ich dir leise zu Gehör? Ist's das Licht, die Radiostrahlung oder sind es schwarze Löcher, denen deine Forschung gilt in Aberräumen des bewundernden Erwägens? Doch das Bedeutendste, das sich im Kosmos eruieren lässt, ist die Wirklichkeit und Wirksamkeit des Seins, in dem sich Myriaden Galaxien baden. Auch du bist immerzu von ihm umflossen und in es geschlossen, als in eines Liebesbundes unermesslich weitgedehntes Strahlenmeer. Alles, alles ist - sich selbst verflutende Natürlichkeit, von Mir gegeben und belebt, bezaubert und beglückt in unermesslich grandiosen Massen.

Willst du dir den rechten Namen geben, so sage schlicht und einfach, warm und innig, überwältigend und grandios: "Ich Bin das Seiende" zu dir und setze dich dabei mit allerhöchsten Schöpferkräften in Bezug.

Nicht Urknall und Materie sind an den Anfang unsrer Weltgeschichte, Universenschaft und kosmischen Bastei zu setzen, sondern Meine Wendigkeit, die Eins, das Eine, Urphänomenale, das Ich Bin und dem die Supersektionen und Zersplitterungen, abgezirkelten Äonen und Ereignisse Tribut und Achtung, Ehrfurcht und Manierlichkeit zu zollen haben.

Was Ich Bin, bedeutet auch für dich das allerhöchste Glück und das Mysterium des schweigenden Betrachtens, das Ich allem Seinsverklärten liebvoll auferlege. Heim, ins Schweigen der Unendlichkeit, dich zu begeben, lehr Ich dich seit aller Zeit und in die Unermesslichkeit des wahren, warmen, seelenvollen Herzensfriedens.

2.4
Natürlichkeit geschieht bewusst und blank, buntscheckig, austariert allüberall nach Meinem Willen und Befehl. Nahtlos fügen sich die Räume Meiner gütestrahlenden Potenz zusammen zur gottseligen Struktur, die ihresgleichen sucht im Universenarsenal. Nicht zimperlich Bin Ich im Weltenschaffen und dabei mit staunenswerter Akribie damit beschäftigt, jede noch so simpel scheinende Nuance mit geheimnisvoller Eleganz und Anmut auszustatten, die von Meiner Kühnheit zeugen, wie von Gekonntheit, Trefflichkeit und Unverfrorenheit auf weitgedehnten Fluren.

Nicht spröde Bin Ich, *wo* es gilt, Genie und Tapferkeit, Durchtriebenheit und Fruchtbarkeit zu zeigen im Bewusstsein Meiner All-Macht und erschütternd dargelegten Schöpferstrategie. Ich will und kann und leiste Mir das allerfreiste Über-Mich-Verfügen, wo Ich Bin, in jeder Seinsgestalt und jedem noch so unentdeckt verborgenen Revier.

Mein Wille ist der Welt Gewoge und Befehl, Gewogenheit und Sitte in gottseliger Manier. Was immer Ich bestelle, wird selbst in Äonenläuften alleweil bestätigt als gediegen, meisterlich, vollblütig und agil in grandios gesegneten und sakrosankten Massen.

Wer hätte je gedacht, dass Meine so verzwickte, anspruchsvolle und melodische Methode solchen Anklang findet in den hoch begeisterten Gemütern, die sie sich zur Pflicht gemacht und zur bewundernswerten Regel ausbedungen haben.

So lechzen alle Weisen nach der Weisheit, die *Ich* universenweit in Unschuld und Gelassenheit vertrete. Was die gelehrtesten und neunmalklugen Geister alleweil von Mir behaupten, ist auch wahr und bestätigt sich in tausendfach gesetzten und aufs Liebenswürdigste bewährten Variationen.

Aufwärts geht's, wo immer Ich erscheine, niederwärts, wo Meine Gegenwart verleugnet und verachtet wird, so dass es äusserst ratsam ist, den Ratschluss und Befund von Meiner Seite zu befolgen und ihm nach in Minne und Gelöstheit, Heiterkeit und Anstand durch die Welt zu schreiten.

Der Weltenplan, den Ich verfasst und gutgeheissen habe, hat noch immer sein vollgültiges Bedeuten und muss strikte anerkannt und eingehalten werden. Ich brauche Disziplin und Wachheit in den Wesen, die Mein Reglement befolgen und mit lobenswerter Akribie erfüllen wollen. Dazu leih Ich ihnen sinngemäss Mein wohldotiertes Kräftemass und Meine Überzeugung, dass noch immer wohlgelingt, was frischen Muts begonnen und mit Verve verfolgt wird in der Fülle fabelhafter Taten.

So trachte denn danach, *Meinem* Wort und Wohllaut, Wink und Wissenstand gemäss, zu handeln in der Vollkraft deiner Züge und bewirke so den Fortschritt nach des Gottes Mass und Ziel. Schreite fort und fort wie einer, der zutiefst erkannt hat, was sich ziemt und was zuvörderst Not tut auf der Liste lobenswerter Menschentaten. Achte, was geachtet werden will und verachte jeden Drang nach nutzlos hingeplämpertem Betragen. Denn deine Zeit ist rar und ist ein Goldgewirke, das gar leicht zerrissen werden kann, wenn du es nicht mit Anstand, Anmut und Behutsamkeit bedenkst in deinen Wundern und Verwundbarkeiten. Schaue nie zurück, wo *Ich* dich vehement zur Avantgarde zähle und verrichte, was dir frommt, in der Gestimmtheit grosser Würde am Faszikel, das du am erhabnen Weltenwerk vollbringst und weiterziehst bis in die höchsten Regionen.

So meine Ich's und so soll es von dir gemeint sein aus dem Grunde, weil Gemeinsamkeit allein zum höchsten Ziele führt und zur Vollendung einer Götterabsicht, die Bewunderung und Frieden schafft, Bedeutung, Wohlgelingen, Glück und Harmonie.

2.5
Bewusstheit und Bedeutung stehen Mir in aller Form und Fertigkeit, Vernunft und Fülle zu, die Ich Meinem Sein entlockt und Meinem Dasein hingeopfert habe. Recht erbarmungslos, geschickt, selbstsicher und vernünftig nutze Ich die wunderbare Möglichkeit, Mich zu verwirklichen und aus Mir selbst herauszutreten, als ein Herold sagenhafter Taten.

Es geziemt sich, dazu noch zu sagen, welche Wonne Mich durchströmt bei der Erkenntnis, dass Ich Bin das Wesen nie verebbender Allherrlichkeit, dem alle Kraft und Güte, glorioses Rendement und fabelhafte Klarsicht innewohnt im Zeitenlosen.

So bewusst, gewappnet und erhöht gelingt es Mir, noch bis ins kleinste Detail alles zu vollbringen, was Ich immer will in Meinem Drang, Grossartiges und Liebenswertes, Trauliches und wunderbar Beschauliches zu leisten in der Meisterschaft von Meinem Rang und Namen.

Ausgerechnet du sollst nun in deiner Eigenart an Meine Stelle treten und genauso tüchtig, figalant, glaubwürdig und erhaben sein, wie Ich, in deinen Unternehmungen, Selbstsicherheiten und bezaubernden Allüren. Im Vertrauen auf Mein Wort und Meine Geste der Verbindlichkeit gelingt dir das auf jeden Fall, wenn du nur lauschend Meinem Winke und erstrahlenden Geblinke dich ergibst aus Meiner Geisteswelt der guten Gaben und Begünstigungen, die Ich offnen Herzens dir gewähr.

Alles ist so einfach und beglückend, stimulierend und bestimmend zu erreichen in der Sicht, auf was du Bist im Seinsumfangen, wie im Kontext der Allherrlichkeit von Meinen Gnaden. Nicht überschwänglich oder übermütig sollst du dich benehmen, aber ruhigen Gewissens und Gewinnens vorwärtsschreiten auf der Bahn, die akkurat die Deine ist im Sein und Dich-Erleben. Gestern noch sah es bedenklich aus in deinem Sturm und Drang, die Zukunft ganz nach deinem Gusto zu gestalten, doch heute hast du Mich und Meinesgleichen neben dir und alles ist verwandelt und verjüngt, veredelt und beschwingt in deiner Ansicht von der Wiederkunft gefälliger Ereignisse, die sich auf Meinen Duktus und Befehl getreulich, wie von selbst, für dich ergeben.

Vorwärtsstürmende Identität mit Mir ist das zu nennen, was sich nun, allwie ein roter Faden, durch dein Dasein schlängelt und es mit dem Glanz des Himmels und der Glorie Elysiens versieht. Dies alles stell Ich dir zur Wahl und Wohlfahrt vor den Sinn, um dir Gelegenheit zu geben in die Räume Meiner Schönheit, Heiterkeit und Lebensliebe einzutreten, wann immer du's begehrst und wo dich hocherhabene Gedanken und Gefühle deines Seins erfrischen und erquicken, begeistern und beseelen sollen.

2.6

Meinem Antlitz zugewendet, wendest du das Deinige im All der Welten reinen Himmeln hoffnungsvoll entgegen. Wann immer ein Ereignis deines Lebens dich bedrückt, magst du mit deines Herzens Inbrunst Mich erreichen, um das Seelenabenteuer recht und redlich zu bestehn, worein Ich dich geführt im Wohlverstand der Göttersphären.

Immer ist es ein gewissenhafter Dialog, der sich im Unendlichen vollzieht, wenn ein Geschöpf mit farbenprächtigem Gedankenschwingen und mit ebensolchen Emotionen sich dem Himmel präsentiert, um einen Ratschluss höherer Gesinnung, Ordnung und Gesittung einzuholen.

Geht es dir um eine Meisterschaft im Dienen und Befolgen Meiner gütesprudelnden Gesetze, kann Ich dir spontan und effizient, manierlich und hausbacken helfen in der hochgeschossnen Not.

2.7

La reine unter den Kühen, la reine in Haus und Hof und endlich im lauschigen Schlosspark lustwandelnd. Wer möcht es nicht treiben, wie sie? Das menschliche Gemüt ist höchst erfinderisch im Präsentieren jener, die erfolgreich sind in ihrem königlichen Lebensstil. Dazu aber ist ein Wörtlein noch aus Meiner Sicht hinzuzufügen. Jeder, der in sich beweglich, redlich, wach und majestätisch sich erfühlt, kann sich vor Gottes Antlitz König nennen, wo er geht und steht und seinen Part verrichtet in des Lebens sinngeladener Allegorie.

Nun gut, gemeldet ist gemeldet und geformt ist auch geformt zu dem, was es bedeuten soll in der valablen Spanne Zeit, die dir zum Aufwall deiner Pläne und Gelüste ist gegeben.

Bist du dir bewusst, dass alles, was dir so geschieht und was du antippst und veränderst, sich in einer Geistessphäre von unendlicher Geschmeidigkeit und Wirksamkeit vollzieht, die allem Stütze ist und Urgrund, Lebenskraft und gravitätische Gebärde einer Evolution, die immerwährend Neues schafft und Überlegeners, Verbindlichers und Weltengültigers in Grossmanier. So bist auch du nicht in dir selbst verloren, sondern in ein Ganzes aufgehoben von bewundernswerter Weisheit und vertraulichem Gefühl. Eingeladen bist du, dieses Feingefügte in dir selber zu erfahren und mit seiner Hilfe neuen Werten, Wirkungen und Seligkeiten zuzustreben. Erkennen sollst du, dass dein Sein auf ewig in dem Meinen sich verbreitet und in ihm beglückt und heiter, unbeschadet, reif und freudestrahlend ruht.

2.8

Zukunftsträchtig, prächtig und erhaben sind die Pläne für das Wohl der Welten, deren Mann und Stamm, Gebieter und Beförderer Ich Bin vom Frührot bis zur Neige und im Dunkel langer, banger Nächte im Allhier.

Mächtige Gedanken breiten sich wie Vogelschwärme schwungvoll über Wald und Flur und überzeugen und begeistern alle gloriosen Geister, die da *sind* und ihre Sinnkraft mit Mir teilen. Wohlbewahrt und auserlesen, eigenständig und gewinnend halten sich die Seinsverständigen in einer Schwebe ohnegleichen zwischen dem Zuwenig und Zuviel, zu erdgebunden und zu himmelstrebend, indem sie Meinen Ratschluss, Handschlag, Sachverstand und Anruf akzeptieren, bewusst erwartend weiteren Befehl. Allezeit Bin Ich bei euch, ist hier mit Nachdruck und Gewissenhaftigkeit zu sagen, denn all so lange, wie du diesen Wahrspruch nicht vergissest, bist du von Mir nicht verfemt.

Eine Wüste von Banalität, Geschäftigkeit und Spielsucht mag sich um dich breiten, ohne dass sie im Geringsten dich berührt, weil du in Mir und Meinem Anhang jene Fülle alles Guten und Gerechten findest, die die Seele labt und dir das Götterlichte offenbart.

2.9
Recherchieren, Räsonieren, eine Welt für sich im Menschengarten. Nur was offen vor dir liegt, brauchst du nicht mehr zu ergründen, ebenso wie Mir's anheimgegeben. Denn siehe, eine Welle lauter Wahrheit und Wahrhaftigkeit flutet in Mir selber Mir entgegen. Daraus resultieren Wohlgestimmtheit, seidenweiche Heiterkeit, Glückseligkeit und Harmonie.

Suche, was du immer willst, aber trachte danach, in ihm einen Zustand der vollendeten Gelöstheit, Sorgenlosigkeit und Grazie des Himmels zu erreichen. Ist dir die Verwandlung ins Vortreffliche auch nur ein einzig Mal gelungen, wird sie immer leichter deines Willens Stärke und Erfolg, Gelehrsamkeit und Utensilie sein für das Erreichen dessen, was du inniglich ersehnst und voll Eifer zu gewinnen trachtest in des Strebens seliger Euphorie.

Nun mache dir bewusst, dass jeder noch so leise Windhauch des Gescheh'ns von Mir beseelt und angefacht, begünstigt und zur Sternenleichtigkeit erhoben wird in aller Wesen Seelengründen, sanft und sicher auch in dir. Das ist dann die Eintracht und bewundernswerte Übereinkunft mit den himmlischen Gesetzen, die sich zu dir niedersenken, um dich tunlichst zu erheben in die Höhn der Makellosigkeit Elysiens und in die zeitlose Wirklichkeit der Herzenswonne, die den avancierten und beglaubigten Gewinnern der Allherrlichkeit gebührt im wohlgefühlten Schwingen reiner Sphärenharmonie.

2.10
Gloria in excelsis Deo! Welch ein Machtwort und ein Ruhmeszeichen für den, der Ich Bin und der dem Stoffe Glanz verleiht, Lebendigkeit und Unermüdliches Zum-Höchsten-Streben. Wer kann sich rühmen, solcher Ehre teilhaft und gerecht zu werden allweit in des Herren Reiselust durch grandiose Regionen. Galant und minotaurisch, einhörnig, unverwandt zum Vorwärtsschreiten aufgelegt, Bin Ich Mir selbst ein Wunder wunderbar bewegter Zeiten und Begebenheiten in des Universums mustergültigem Getriebe. Ständig auf dem Sprung zu höherwertiger Regie, geziemt es sich für Mich, Garant zu sein für Qualität und angeregtes Wohlgeraten. Ausbund paritätischer Gepflogenheiten Bin Ich Mir in jeder Szene, die da *ist* und will Vortreffliches gebären.

Wie ist der Eindruck, den Ich in dir hinterlasse, tiefsinnig oder marginal? Wenn du begriffen hast, was Ich hier meine und daraus ein Reich der reinen Geistigkeit vor dir ersteht, dann ist die Sache abgemacht und du beginnst, profundes Zeugnis der Gewandtheit und Gottseligkeit, Abbreviatur und Andacht vor dem Ewigen auszustrahlen. Mittlerweile weisst auch du, dass Ich dir wohl will und gedenke, dich in Meine hochwohllöbliche Gedankenwelt hineinzutragen. Denn in ihren Weiten herrschen andere Gesetze, als in der kleinlich irdischen Komptur. Mein ist dein - und allen Seins Redoute, Reichtum, Rarität und Ehrenhaftigkeit ist deines Herzens Puls und deiner Hochgesinntheit schickliches Betragen.

Meines Nahseins Brille lehrt dich tapfer und dir selbst bewusst zu sein und lässt dich all die wunderbaren Blumen der Begeisterung am Leben, die Ich vor dich streue, sehn. Du getraust dich Mir zu trauen und vermehrst damit den Nimbus, den Ich um Mich breite, um ein Erkleckliches in deiner Art und Weise mit dem Leben umzugehn.

Das genügt und soll dich selig machen, als in Mir und Meiner geisterfüllten Attitüde. Sei, was Ich dir Bin und trage dies Bewusstsein merklich, mild und meisterlich, geschickt und wohlgefällig zu den Deinen.

2.11
Melchior, der zweite von den Weisen aus dem Morgenlande, die dem neugeborenen Kinde ihre Gaben präsentierten, wollte partout Weihrauch spenden, um dem Lobgesang der Engel milden, süssen Schwebeduft hinzuzufügen. Was könnte trefflicher die Wohlgestimmtheit und Manierlichkeit der königlichen Seelen offenbaren, als die köstlichen Geschenke, die sie von weit her zur Stätte des Geschehens trugen, um dem Herrn der Welt zu huldigen in wunderbar ergreifenden, beseligenden Massen.

Was damals in der stillen, sanften Sternennacht geschah, geschieht auch heute noch im Welt-Erinnern, dem die Herzlichkeit und Wärme, wie der Wohllaut der Verehrung innewohnt seit Generationen.

Was ist nun weiser, als Mein Innesein in alledem für wahr zu halten und so dem Sinngehalt der laufenden Geschichte nachzuspüren. Der Christuskraft in allem sollst du dir bewusst und fündig werden, ihres liebevollen Hierseins sollst du dich versehn und ihre welterlösende Gebärde anerkennen jetzt und immer, freudig, seeleninnig, feierlich und morgenschön.

2.12
Einer Gottheit Homepage will Ich nennen, was so locker, selbstbewusst und graziös daherkommt, auf spiegelglatter Fläche einer Ballerina zu vergleichen, in full action, ungebremst, energisch, ingeniös.

Tatendurstig, generös und machtvoll trete Ich hier auf, wie ein charmanter Stimmenhascher vor den Präsidentschaftswahlen. Alles ist Mir gut genug, um Sympathie zu punkten für das grandiose Werk, das Ich an Staat und Wirtschaft, sozialer Komponente und gänzlich neu gefasster Volksmoral vollbringen werde, wenn, ja wenn der Bürger endlich Mich zum Papa und Patron erwählt mit Sympathie und vaterländischen Verehrungsstürmen.

Ein Politiker als Gott, Gott als Politischer tritt auf mit lässig losem Kragen lächelnd auf der Siegesspur. Was nützt dies alles, will Ich dich in allem Ernste fragen, wenn du selber dich nicht von der Seriosität, Serenität und Genialität des Antragstellers überzeugen kannst, indem du deiner Innenstimme tätig lauschest im Verkehr mit einer Geistwelt, die dich liebevoll, gewandt, gottselig und galant umflort mit ihren Wundern und Erhabenheiten. Willst du das und lernst du das, so will Ich dich erhöh'n zu einer Glorie sondergleichen, die ohne weiteres im Rahmen Meines Könnens liegt. Denn Meine Abkunft ist des Seins holdseliges und silberglänzendes Gefieder, dessen Pracht, Prinzip und nonchalante Würde alles übertrifft, was du dir denken kannst in deinem bittersüssen, kleinlichen Gehege. Ich Bin genau das Überragende, das du dir sein kannst im allherrlichen Gefüge einer Welt von Witz, Wahrhaftigkeit und Liebenswürdigkeit. Nur so kommst du gezielt voran, indem du Mich zum Vorbild nimmst für deine Kapriolen, süssen Partnerschaften und riskanten Abenteuer, die du zu bestehen hast im Irgendwo. Deine Ansicht von der Welt soll schliesslich fugenlos und fabulös in Meine münden, wo die Unbeschwertheit, Heiterkeit, Geschicklichkeit und königliche Hoheit thronen. Landauf, landab wirst du im Sinn der Überlegenheit und Grazie des Himmels akzeptiert und als ein Würdiger verehrt in deiner wunderbaren Art, dich hinzugeben und den Seinswert zu erleben, hold und golden, gläubig und versiert in Mir und Meinem seelenvollen Schweigen.

2.13
Im Christensein erscheint ein grosses Licht *dem* der da, gläubig, seelenvoll und still geworden, ausharrt vor der Gegenwart des Herrn und Meisters, der da will das Menschenvolk erlösen.

Wer Meiner achtet, spricht der Herr, dem will auch Ich Beachtung, Komfort, Herzensreichtum und Beseelung schenken. Bedächtig und gekonnt überwache Ich das Zeitgeschehn und lasse keine Seele auf der Linie Meiner Benedeiungen und Tröstungen ins Leere gehn. Verheissung grosser, reichgeschmückter Tage klingt von Mir in alle offen dargereichten Ohren und beschwingt und läutert die gesegneten Gemüter mit der Gottheit liebelichtem Strahl.

So gewinnt, was vordem an das Weltliche verloren war, den Sinn für eine Geistessphäre wieder, die Ich in dem Christus liebevoll erfülle. Wissend, wohlgemut und weise überwalte Ich, was immer *ist* und lasse Mir's im Sein mit allen schon Verklärten wonnestrahlend, heiter und glückselig wohlgefallen.

2.14
Konstruktiv, erfolgreich und gelassen sollen die Kontakte sein, die du mit Mir pflegst, damit der Anstand, Abstand und die Eigenwürde stets gewahrt bleibt im erschütternden Verkehren. Gott ist Gott und Mensch ist Mensch, wenn man so sagen will und eine Ehrfurcht ohnegleichen muss zwischen deiner Dürftigkeit und Meinem alles überragenden Prinzip bestehn. Denn das Geschöpf hat stets im Auge zu behalten, dass es einem Schöpfer gegenübersteht, von dem es alle seine Werte, Wirklichkeiten, Raritäten, Genialitäten und - erhält, um leutselig und gewissenhaft, gekonnt und sicher seines Wegs zu gehn.

Innehalten, barhaupt und bewusst dem alles überragenden Gestalter aller Dinge gegenübertreten, ist ein sakrosanktes und gewichtiges Erfordernis für alle, die da voller Einsicht, Sehnsucht und Verlangen zu Mir kommen, um schlussendlich vor sich selber besser und bestimmter dazustehn.

Das ergibt die eine Seite der Medaille, die vor aller Augen glitzend, blinkend und bezaubernd offenliegt. Die andre Seite aber birgt unendliche Aspekte, die direkt von Mir in deine wunderlich verschlafne Seele fliessen. Andacht und Ergriffenheit sind hier vonnöten, um das Wunderbare, das hier vorgeht, zu erkennen und ihm Referenz und Wohlgesonnenheit, Feingefühl und Zartheit zu erweisen. Denn offensichtlich ist hier Götterwirkliches im Spiel, das mählich dich verwandelt und dein Wesen sachte und bestimmt mit dem Unendlichen liiert. Das ist dann eine glückverheissende Synthese zwischen

Schöpfer und Geschöpf, Himmlischem und Irdischem, die alles neu und gut macht, was du Bist und die dich wahrlich in ein Liebeslicht und einen Freudentaumel, ein Erhobensein und eine Ehrfurcht ohnegleichen vor dir selbst versetzen kann für immer, mitten in der Tage widersprüchlichem Vorübergehn.

Ja, es lassen sich die zwei Aspekte deiner selbst in Mir zu *einem* unvergleichlich Werten, oinierenden und Lauteren verbinden und im Sein zusammenfassen, das du Bist und welches alle *sind* in unvergleichlich hocherhabenem und heitermachendem, beflügelnden und wonnevollen Sich-Erleben.

2.15
So weltlich noch Mein liebenswerter Gast im Geisterreich, das Ich vertrete. Du weisst es nicht und kannst es noch nicht wissen, dass dein Intellekt und dein Gefühl hineinragt in das Meine und dass sie von entscheidender Bedeutung sind für alles Künftige im Weltenzauberspiel. Da muss Ich eben Worte des Erklärens zu dir senden, die dir Sinn und Zweck der Evolution vor Augen halten.

Wer, wie Ich, mit so viel Können, Kunstsinn, Kraft und Genialität gewappnet ist, der will sie alle auch gebührend brauchen und so trau Ich Mir ein Universenwerk im Weltenschaffen zu, das über alles ausserordentlich begeisternd und erstaunenswert, beglückend und erhaben ist, von Meiner Warte aus gesehn. Die Krone aber allen Wirkens und Gestaltens soll es sein, dass es sich in dir spiegelt, Mensch, und dir bewusst wird als ein Ausbund der Geschicklichkeit, brisanter Genialität und zauberhafter Anmut, die das Ganze in sich trägt und sich galant nach aussen kehrt in seinen Wundern.

Um solch ein Werk im Gang zu halten und beständig weiter zu entfalten, braucht es Myriaden wohlgesinnte Helfer, die voll Eifer und gewissenhaftem Duktus hinter allem Leben, Lichten, Leisten und Verbinden stehn. Und gerade du bist einer von den Meinen, die dem Anspruch, sie betreffend, voll genügen sollen und gewillt sind, alles gut und edel, liebenswert und schön zu machen, was in ihrem Sinnkreis, Sanktuarium und Weltbund liegt.

Das ist's, was Ich vor dein Gewissen halten will, und wenn du's einsiehst und so handelst, wie du sollst, begleitet dich Mein Segen und Beglücken, Meiner Wohlfahrt Stimulanz und Meiner Himmelsgrazie vollendetes Genügen.

2.16
Malerisch und mustergültig muss das Inselchen in der Unendlichkeit des Ozeans liegen, das Ich für dich zur allerfeinsten Ruhe und Besinnung auserwählt. Dort folgen sich durchs ganze Jahr die Sommersonnentage, die Lauesten der lauen Lüfte wehn und alle sind glückselig, die sich auf dem Götterparadies von einem Eiland eingefunden haben. Was willst du mehr, Mein Herzchen, als das Spielerische und Verspielte an sich, eine süsse, kleine Bucht, an deren makellosem Strand die seichten Glitzerwellen sich im warmen Sand verlieren. Eine Perle der Natur, ein Bijou der Natürlichkeit, wie des holdseligen Träumens, lullt dich ein in eine Welt des Friedens und des heiteren Verweilens selig vor dich hin.

So sind gedankliche Gespinste wirklich, wunschgemäss und wahr, solange sie dir vor der lichterfüllten Seele stehn. Du brauchst sie nur zu finden im erfundenen Revier und schon erlaben und erfreuen dich die allerlieblichsten Szenarien, die du dir denken kannst in wundertätiger Manier. Was ist das Land Elysien denn anderes als eine geisterfüllte Gloriole der Barmherzigkeit an deinem Schicksal und Bestehn, von dem die Götter sich ein Bild gemacht und das sie für dich ausersehen haben. Was ihnen dort in Anmut, ewiger Verliebtheit, Wonne, Heiterkeit und Grazie entgegenschwillt, ist ihrer Eigenart Bestimmtheit und Gefüge, ihres Schauens Noblesse, Raffinesse und Bravour.

Und was *du* immer schauen magst, ist deines Seins Gewinst und gloriose Ebenbürtigkeit mit dem, was Ich Mir längst errungen und gesichert habe. Denn was geistreich ist, ist auch zutiefst verbindlich und fidel, vergnüglich, redlich und von einer Welle der Begeisterung in allerhöchste Höhn erhoben. Firm und frank und frisch und frei sind die Gottseligen in ihrer feingefühlten Wohlbekömmlichkeit und der Gewissheit, dass sie *sind* und ewig, unverwüstlich, seelenselig und charmant auch bleiben. Ich Bin präsent in ihnen, ebenso wie du, wenn ihre strömenden Gefühle bis zu Mir hinüberreichen und dort sich selber Hort und Heimat sind im Unergründlichen. In aller Stille fängt das an und wird sich wieder im glückseligen Schweigen reinen Seins verlieren, das Ich Bin und das du Bist im nie verebbenden und seelenvollen Equilibrium der lichterfüllten Geistessphären.

2.17
Merke dir: Die Lauen sind die Schlauen und den Schuldigen hat man zu huldigen im Tal der Menschlichkeiten, Irritationen und Erfolge nach dem Muster: Was *Meine* Sache ist, geht dich nichts an.

Ich hingegen halte Mich voll Verve an die Parole: Unterscheiden gibt es nicht in Meinen transparenten Hallen der Gerechtigkeit und Tugendhaftigkeit im Leben. Mein ist dein und möchte sich in dir bis ins Unendliche vermehren.

2.18
Morgenschön und meisterlich geschmückt sind alle Meine Tage in der Nonchalance des Ewigen, dem Ich seit eh und je geziemend übersteh. Nun heisst es, Mich in allem, was Ich kann und könnte künstlerisch zu üben, so dass Mir nichts verloren geht und immer Sagenhafteres hinzukommt nach der Strategie der göttlichen Geduld, mit der Ich immer operiere. Aus alledem was *ist*, lässt sich nun eine ellenlange Elegie der guten Hoffnung auf Entfaltung ziehn und siehe da, es zeigt sich das Gelingen Meiner schöpferischen Taten ohne jeden Einbruch immer mehr.

Kommt dazu, dass Meine Kräfte stets in vollem Wichs und Wuchs präsent sind in der Wucht des Wohlgeratens, deren Ich Mich laufend und dezent verseh. Jede Periode Meiner eklatanten Evolution hebt sich markant und innig von der vordem absolvierten ab und lässt sich wahrhaft sehn in ihrer Fülle, Fabelhaftigkeit und dichterischen Schöne.

Ich notiere alles, was Mir je hervorzubringen einfiel mit akribischer Genauigkeit in Meinem wundertätigen Erinnern und lasse nimmer los, was Mich zutiefst erfreute und Meine Fähigkeit bestätigte, dem Unerhörten stets Beglückenderes und Erhabeneres beizufügen.

So bilde Ich Mir selbst den Nimbus des Glückseligen und Sakrosankten, in dem Ich glanzvoll, glorios und prächtig wese. Meine Machart ist sowohl ins Sternenall, wie in das minikrimste Menschliche geschrieben und verliert sich in den feinsten, zierlichsten Verästelungen Meiner selbst im götterlichten Sein und Sagen.

Somit seh Ich Mich bestätigt und betätigt in Mir selbst im Universenweltenwesen, dem Ich Mich mit allem, was Ich Bin, verschrieb, derweil Mein innerstes Gezelte und Refugium in namenlosem Frieden ruht und sich der Harmonie dahingibt, die Mir immerfort beschieden.

Nun wähle du das Deine, eingebettet in Mein Soseins preziöses Strahlen. Es ist dir nicht versagt, genau demselben dich zu weihen, dem *Ich* Mich seit eh und je versah und mit demselben Willen, Verve und Wohlgelingen in der Welt zu operieren, die die deine ist, nach Meinem gnädigen Verfügen. Walle, wirke und besteh genau in Meinem Sinne, wünsch Ich dir, damit die Souplesse, Sagenhaftigkeit, Serenität und Seinskultur dich forträgt bis in sich verlierende Unendlichkeiten. Meistere in Mir, was immer es zu meistern gibt und finde so die Wohlfahrt und Errungenschaft, Begeisterung, Natürlichkeit und Wonne deiner Tage und Befindlichkeiten im bezaubernden Allhier.

2.19
Niet- und nagelfest sollst du hervorgehn aus der Esse deines Lebens, die dich zu einem Nonplusultra der Gefälligkeit und Seelenstärke schmiedet. Mit offnen Karten wirst du deines Geisteswegs fürbass gehn, von Mir geleitet und mit nonchalanter Tapferkeit versehn.

Kraftschlüssig, schmiegsam und emotional mit Mir verbunden, sollen alle deine Werke sein, damit sie in sich selber stimmig sind und stets des Himmels Charme und Überlegenheit verkünden.

3

Mit dem Geistesfeurigen verbunden

3.1

Von wannen du gekommen, gehst du auch wieder hin, im Kleinsten wie im Überlegensten, im Dich-Veräussern wie im Innerlicher-Werden, vom Geistkeim bis zum Allbewusstsein in den Göttersphären. Du machst dir keinenfalls nur etwas vor, wenn deine Vorstellungen das Landläufige und Festgeschriebene verlassen, um ins Übersinnliche und Überirdische zu stossen. Da kannst du dann erfahren, was Gelöstheit, Unbekümmertheit, Tranquility und immanente Seligkeit für dich bedeuten.

Siehst du dich im Geiste überragend gross, so muss das Leiblich-Irdische dir immer unbedeutender und mickriger erscheinen. Ausbund deiner selbst wirst du im selben Masse, wie du dich dem unerhört Unendlichen vertraust, in einem Seinsgefühl von grandioser Überlegenheit und Hoheit, Virtuosität, Bewusstheit und Synthese aller Dinge im Allhier. Im Grund genommen geht es stets darum, das Maximum aus dir herauszuholen und dem Sein im Ewigen zu frönen, das dich leis leise überkommt, wenn alle weltlichen Verwirrnisse und Zierlichkeiten tunlichst vor dir schweigen.

Sie schweigen auch vor Mir, dort, wo Ich Mein begehrenswertes, blütenreines Innesein erreiche, um in Einheit mit Mir selbst die seinsvollendete Genügsamkeit und All-Erhobenheit, Bescheidenheit und Grazie zu pflegen. Was *Meine* Welt ist, ist dann auch die deine, die sich mit Mir deckt, durchdringt und wesenhaft vermählt ununterscheidbar, in entzückendem Begaben.

Das Individuelle ist zum Allgemeinen, das Zersplitterte zum Heilen, Heiligen, Basalen und Erstrebenswertesten geworden, das da *ist*, in triumphaler Selbstverständlichkeit und Gottesminne, Tröstung und unendlichem Behagen.

3.2

Werte du es, wie du immer willst, die Basis, Brücke, Regelmässigkeit und Weisheit sind von Mir zugrund gelegt und erfordern deine Disziplin, Rechtschaffenheit und Phantasie, um pflichtgemäss voranzukommen in der Strategie des Lebens, das dir eigen.

So Bist du, was du bist und stellst für immer Meines Seins Behüter, Offenbarer und Verehrer dar, auf den man sich verlassen können sollte.

Nun, da Ich als mit dir Verschworener und Seinsgeborener desselben Sinnens und Gewinnens Träger bin, besteht die Hoffnung, dass Ich dich von deiner Wohlfahrt, Rarität und Gloriole überzeugen kann im Himmelreich der guten Sitten und Gelegenheiten, wahr und gläubig, selbstbewusst und wesenhaft zu sein in Mir.

Recherchieren sollst du nach dem Rechten und von Mir Gesegneten in deines Daseins Zirkel und Talar. Nichts soll dir zuviel sein, um herauszufinden, was du wirklich *Bist* in deiner Aggressivität und deinem Anstand, deiner Seinsbewusstheit und Gottseligkeit in corpore. Bin Ich schon dein Vorbild, Vorspann und Vollbringer genialen Wegbereitens, kannst du Mir in Dankbarkeit und Demut, Redlichkeit und Tapferkeit auch folgen in der unendlichen Gewähr, die Ich dir liebevoll entbiete.

Lockruf Bin Ich dir ins Paradies gesammelter Gedanken, die von Gottesweisheit, Seinswahrhaftigkeit und seligem Geflüster was verstehn. Es lenkt, es senkt sich Mein Gewissen väterlich und mütterlich in deine Hemisphäre wohlbehüteter Galanterie am Sein und Leben und verhilft dir dazu, Meiner würdig aufzutreten mitten in den weltgeborenen Allüren.

Desgleichen gilt es für dich, das Gebet der stillenden Betrachtung radikal zu pflegen, wissenschaftlich und final. Damit aber schöpft dein Wille unbedingt den Wohllaut und die Zauberkraft Elysiens aus vollen Schalen und gewährt sich das erstaunliche Erkennen, dass er *ist* das Sein und seine wunderbar beflügelte Standarte. Dieses Überschauen zieht Beglücken und Beseligen heran und gewährt dem Herzen und Empfinden Heiterkeit des Ewigen, erhabne Sinnkraft, Heil und Heilung in begehrenswerter Harmonie.

3.3
Normal sind nur die Strecken Wegs zu nennen, die du mit Mir fürbass gehst in deines Lebens Schichten, Pflichten und Genügsamkeiten. Wachenden Gemüts verrichtest du das Penetrante und Pendente, das dir frommt, von Mir in Auftrag und Regie gegeben. Sieh nun zu, wie alles Tatendrängende und Resolute mit dem Geistesfeurigen verbunden ist, das Ich verwalte und gestalte, unerbittlich, strebsam und potent, der Selbstverwirklichung entgegen.
  Ich mach es wahr, dass jeder noch so wankelmütige Gedanke Kraft gewinnt an Meines Busens Überschwang und dass ihm so Verwirklichung zuteil wird in des Lebens Rängen, Ringen und Gepflogenheiten. Schickst du, was du meinst, zu Mir, so will Ich dich mit Rat und Tat bestücken und beglücken fehllos und gediegen. Meine Macht ist unbeschränkt und unbeschnitten im Ich Bin begründet, das die Egoisten anschwärzt und die Redlichen mit Himmelszärtlichkeit belohnt. Beeile dich, aufs Strengste Wort zu halten gegenüber Mir und Meiner Sicht der Dinge im Allhier, und die ist evolutionenträchtig, progressiv und sakrosankt mit unbeugsamem Willen von Mir zur Bestätigung getrieben. Was sind Äonen für Mich, wenn sie dir auch noch so lang erscheinen? Was erregst du dich in Ungeduld,

wenn Mein strategisches Gewissen alle Wirrsal übersteht und dem Begonnenen Vollenden und Erhabenheit gewährt für Ewigkeiten.

3.4
Bewandert in der Kunst der Deutung aller Dinge im Allhier, lass Ich Mich begeistert, dienlich und gewichtig über sie, wie folgt, vernehmen: Jedes Einzelne von ihnen ist in liebevoller Geistesarbeit und geduldiger Entschiedenheit im Glanz des Himmelslichts vor Mir erschienen. Was ihr Äusseres betrifft, sind sich die Astronomen, Anatomen, Physiker und Analysten völlig einig über sie. Doch in Bezug auf ihr Lebendig-, Wach- und Wirklichsein geraten sie in ein erbärmliches Behaupten, weil sie den geheimnisvoll erstrahlenden Gehalt des Offensichtlichen auf ihre Art und Weise nimmermehr erschliessen mögen.

Wenn sie weise sind, so folgern sie daraus, dass unsichtbare Kräfte und Genien hier am Werke sind von trefflichem Vermögen, wie von schöpferischem Duktus, die das Menschenvolk zum staunenden Bewundern bringen. All so wird es sich des Seins bewusst, das hinter allem webt und waltet, stichelt und vibriert und alle Welt zum Blühen motiviert im Handumdrehn.

Vorerst will Ich nur dies erreichen und damit die Schau erweitern auf das Grandiose, das da *ist* und seine Weltenkreise zieht in gründlicher und unergründlicher Manier. Somit sollst du das, was du auch nicht erkennst, verehren und es zu ergründen suchen in der Vielfalt deiner Aktionen, Kniffe und Begriffe, die in alles Wesenhafte einzudringen suchen. Suchst du Mich, so suchst du dich, will Ich hier unvermittelt sagen und so an ein Geheimnis tippen, das zu lösen dir schlussendlich mehr bedeuten soll, als alles tatenträchtige Gezwitscher und Allotria, von dem du dich so gern verführen lässest in der Erdentage Sausen. Folgst du den markanten Spuren Meines Daseins in der Fülle aller Zeiten, wirst du inne, dass es deine sind, galant von Mir zu dir, von dir zu Mir gezogen.

Erziehe dich zum Sein, bedeut Ich dir in der Geschichte deines Glücks wie Ungemachs im Quellstrom Meiner Gnaden. Eins ist alles, gross ist klein und Miniatur ist Abbild hehrer Universenweiten. Sei beständig, wie Ich Bin und labe dich am Guten, das Ich immer dir gewähr, um deinetwillen, meinetwillen in elysischer Behutsamkeit und Sitte, all-erfüllend, in sich selber selig, allem aufgeschlossen, liebelicht und wahr.

3.5
Woran du ständig knabberst, kann nur davon kommen, dass dein Gottesgeistverständnis noch in Kinderschuhen steckt und gehörig aufgebessert und veredelt werden muss von Mir und Myriaden Meiner treuen Helfer im unendlichen Allhier. Über lange Strecken deiner Evolution zur Ungebundenheit und liebevollen Machart deiner Lebenszüge, gibt es noch viel Divergierendes gehörig auszurotten, um dein Lebensschiff auf firmem Kurs zu halten, *Meinem* überwältigenden Ziele zu. Es gilt, die Leuchtkraft, Grazie und Heiterkeit der Sterne zu erreichen, wo du auch immer gehst und stehst, wie in den geistgeborenen Unendlichkeiten, die du offensichtlich vor dir ausgebreitet siehst.

Nicht der Jüngste bist du mehr, nach Generationen von Versuchen, deinem Dasein Heil und Heiligkeit, Geschmeidigkeit und Herzensgüte zu bescheren. Mein Gedulden an dir kennt keine Grenzen und so darfst du Meiner wunderbaren Hilfe und

Barmherzigkeit gewiss sein, deren Ich Mich schon seit Urzeit rühme.

Es ist die Wirklichkeit des Seins, die Mich beständig und solvent, rabiat und trotzig dazu anhält, dein Bewusstsein in die Ebenbürtigkeit der götterlichten Harmonie zu führen. Sie ist es, die unser All und alles in ihm brüderlich verbindet, lächelnd tröstet, läutert, hütet, heilt und liebt. Das soll auch deine immerwährend aktuelle Hoffnung sein auf Besserung und bessre Zeiten, wie für dein so unscheinbares Leben Ansporn dazu, Göttergrösse zu erreichen.

Nach Meines Deutens Duktus wird recht zielbewusst an dir geschehen, was Ich meine und der Segen der Glückseligkeit wird ständig, kraftvoll, überlegen, schön und lichtvoll über deinem Herz und Haupte stehn.

3.6
Nichts ahnend von den allerwürdigsten Geheimnissen des Lebens gehst du durch die Menschenweltengassen sinnend vor dich hin. Das Geschehen deiner Tage macht dich mürbe oder mild dem Schicksal gegenüber, das du zu erdulden und zu reflektieren hast, um als Geläuterter und Graduierter schlicht und schlank aus ihm hervorzugehn.

Wort zum Sonntag könnte man Mein Plädoyer für gute Sitten und Gebräuche nennen und getrost von ihm zur Tagesordnung weitergehn, wenn es nicht rustikalen Ernstes, als ein Mahnmal der Gerechtigkeit und Überlegtheit vor der Seele stünde, um sie zu erschüttern und zur Umkehr zu bewegen in der Lebenstage Richt und Ziel.

Das Wesentliche zu erfahren und zu akquirieren bist du da, gepflanzt in eines Gottesgartens Unergründlichkeit, Verspieltheit, Seriosität und weiterführende Verbindlichkeit mit Mir, dem Haupt und Häuptling allen weltbefördernden Geschehns. Gewissenhaftigkeit und redliches Bemühn um Klarheit sind vonnöten, um vor Meinem Götterantlitz würdig zu bestehn. Aus der Kleinlichkeit und tückischen Verflochtenheit in deine Traditionen will Ich dich erheben in das Reich des freien Über-dich-Verfügens und der Meisterschaft im klargesichtigen Gedankenhegen. Übernimmst du sie von Mir, gerätst du unvermittelt auf die gute Seite und verwandelst dich in ein bedeutungsvolles Wesen wahren Seinsvertrauens und entzückenden Verbreitens wohlgemessner Menschlichkeit und liebenswürdigen Benehmens. Jeder deiner Tage wird dir zum Erfüller Meiner Ideale und erblüht in Heiterkeit, Gelassenheit und Zuversicht am grandiosen Werk, in das du vollends eingebunden. Du siehst und weisst, was sich gehört und zählst auf dich und Mich, als ein Verklärter der gottseligen Genügsamkeit am Sein, Salut und Wohlklang dessen, was du Bist, von Mir gesegnet und gewürdigt, reich beschenkt, befruchtet und belebt und allen Liebeshimmeln hingegeben.

3.7
Vorhin bist du forsch gewesen und nun stehst du wie ein braves Lämmchen vor Mir da und lässest dir, was es auch sei, geduldig, traulich und bedenkenlos geschehn. "Es ist die Einsicht, dass, vom ewig guten Meister kommend, alles gut und weise, liebevoll und lauter ist, was immer ich erlebe", sagst du dir in allem Ernste und Ich pflichte dir begeistert bei, um deine Ansicht zu bestärken und dabei dein Glück zu spüren des Gehorchens mehr und mehr.
  In der Gemeinschaft mit den Geisteshöhen liegt die Kunst der Weisen aller Zeiten, die voll Einsicht,

Verve, Wahrhaftigkeit und Liebenswürdigkeit zu Werke gehn. Willst du einer sein von diesen, lässt sich füglich fragen und die Antwort sei ein überzeugtes Ja, so dass Ich dich beim Worte nehmen kann zu deinen, wie zu Meinen Gunsten.

Was braucht es mehr als Seinsvertrauen und Genügsamkeit, um vor der Herrschaft der Gerechten ebenbürtig, geistreich und glückselig dazustehn? Dann ist das Wörtchen, "nimmer werd Ich froh", dem Sange „immer heiter, seinsbewusst und graziös" gewichen. Dieser Zustand seliger Gewissheit vom unendlich Gütigen inmitten deiner Wehn, hebt dich in Höhen der Vollendung, die von Mir und Meinesgleichen liebevoll durchdrungen sind in würdigem Vereintsein mit dem Allerhöchsten, das da *ist* und seine heiligmachende Gebärde über alle Lande, lichten Reiche, Seligkeiten, Universen und beglückenden Natürlichkeiten zieht.

3.8
Kopf an Kopf ins Ziel will Ich dich rennen sehn, Maharadscha oder Meisterkoch, Kunstturner oder Clown mit dem, was *Ich* dir Bin, als treuester Kumpan. Durch Äonen bist du endlich dir bewusst geworden, dass du nie allein bist in des Lebens Gang und Gängelei, indem Ich dich partout begleite vorwärts, rückwärts, her und hin. Viel mehr als dein Schatten Bin Ich deines Wesens Geisteslicht und Himmelsgloriole, Führerin und fabelhafte Interpretin dessen, was da *ist*, um deine Leiblichkeit zu unterhalten und dein Geistiges so weit zu fördern, wie du willst, dass es gefördert und gewappnet sei für ein dezentes Wohlgeraten.

Siehst du Mich als sakrosankte Götterwirklichkeit in dir, so kannst du fürder ruhig und getrost bei offner Haustür schlafen. Denn kein noch so schlauer Dieb und Taugenichts kann dir von Mir und Meinem absoluten Wert nur das Geringste rauben. Meiner Gunst gemäss bist du gesegnet mit des Reichtums Fülle, die da ist das Sein in jedem noch so zierlich abgezirkelten Bereich und Winkel deines Wesens. Bist du dir bewusst, mit wie viel Königsmacht und Kunstsinn, Kapital und Götterresonanz du ausgestattet bist, wirst du nimmermehr das tückische Parkett des Lebens, Wirkens und Bestehns als Zagender betreten. Deines Schreitens Würde wird der Abglanz einer Haltung sein von überragender Bewusstheit deiner selbst, als in das Medium der Göttlichkeit gegossen und von ihm durchflossen wie das Strombett von den Wassern allerhöchster Höhn, die taufrisch zu dir niederfliessen. Deine Herzenswünsche, Kapriolen und Verstiegenheiten, Synonyme und Vertraulichkeiten mit dem Allerhöchsten sind gestillt und du bist eins mit allem, was da *ist* und deine Wege kreuzt im Gotteslichte, das sie hell macht, heiter und entschieden.

Mir ganz angehören sollst du, als Begleiter, wie Begleiteter, in allen Sphären deines Daseins, sichtbar, unsichtbar und jedenfalls behutsam, liebevoll und zart zu Mir erhoben. Weite deinen Sinn und *sei*, dem Sein geweiht, verständig und beständig, liebreich, gütig und gewandt in Mir dein eigener, glückseliger und gottgesegneter Gespan.

3.9
Formvollendet und vom Wunsch nach immer grösserer Gediegenheit getrieben, Bin Ich Mir des eignen Vorbilds Konterfei und überbiete Mich beständig im Erfinden neuer Formungen, verehrungswürdiger Gestalten und bewusster Bürgen Meiner selbst im Welt- und Überweltgetriebe.

Was mach Ich da Geschickteres als Qualitätsverbesserungen Meiner Züge, die schon jetzt von Anmut, Liebenswürdigkeit, Beseeltheit, Heiterkeit, Glückseligkeit und Seinsbewusstheit triefen. Nichts im Universum ist so weise, wirklich geistvoll, überragend, delikat und zart, wie Ich es Bin, als weltenschöpferisches Agens überall und noch in jeder lebenstrotzenden Figur.

Bist du dir bewusst, dass letztlich alle deine Züge Meine sind in der Erkenntnis dessen, was da *ist* und wirkt und hinter jeder gütestrahlenden Bewegtheit steht, die sich im ewigen Frühling der Unendlichkeit entfaltet klug und tapfer, seelenselig und beständig.

„Was nicht ist, kann werden", ist eine würdige Parole auf dem Menschenplan, die von Vertrauen in ein Höheres und Inspirierendes, Behütendes und Liebevolles zeugt, von dem auch du dich überzeugen lassen kannst im vollen Kreislauf der bewegten und bewundernswerten Generationen.

Denn akkurat an dir ist es, den Mehrwert, den Ich schaffe, offenen Gemüts und Herzens zu empfangen, um damit dein eignes Weltbild zu verschönen und die Wüsteneien darin urbar, fruchtbar, lebenstrotzend und fidel zu machen, nach dem Vorbild Meines seinsgewaltigen Gebarens.

3.10
Nolens volens könntest du in eine Situation geraten, die dich fordert und von dir verlangt, ein Neues, vordem nie Getanes, regelrecht zu tun, so dass du dir wie vor den Kopf gestossen vorkommst, in der höchst prekär gewordnen Situation. Da gäbe es nur eines, was dich rettete vor Spott und Schande, nämlich: *Mich* in höchster Not um Hilfe anzugehn, der Ich da weiss und kann und aller Dinge Situationen seriöser Partner Bin in wohlgemessnen

Zügen. Zeitenfroh voran, so löst sich die Bedrängnis und Bedrohung auf im Nu und eine wunderbar beschauliche und dankbar akzeptierte Ruhe kehrt in deinen Sinn, beständig und erhaben.

Wie kommt es, dass du just in dieser Hinsicht so viel Mühe und Zerfahrenheit bekundest? Weil du, was so sehr vonnöten ist, nicht übst und regelmässigen Gebrauch machst von dem Angebot aus Meiner Fülle des Erfahrens und der Wohlgesinntheit, die dich durch arge Unbill und erschütternde Gefahren führen würde.

So lass es dir in Minne, Mustergültigkeit und Redlichkeit gesagt sein, was dir frommt in deinen schweren, wie auch regulären Tagen, als von Mir hervorgebracht und angewandt in weisem und geschwisterlichem Überlegen.

Grundlos Bin Ich allem, was da *ist*, unendliches Begründen, Zünden und Ins- Gottgefällige-Münden. Süss und sauer werden da zu einer wunderbar gesegneten Synthese, die zur Erkenntnis der All-Einheit führt. Mache mit und sei dein eigner Meister, indem du bittend dich der Auserlesenheit und Würde Meiner Meisterschaft bedienst, um ein vollendeter, verklärter, seliger und anerkannter Fürst im Gottesreich zu werden.

3.11
Mitwirkende verlass Ich nimmer, bis das Kosmische entrollt und ausgetragen ist in myriadenfältiger Manier. Für sie ist es kein Schaum, kein Traum zu denken, dass sie partout Helfer, Förderer und Überwinder sind im Universenwerk, das Ich mit so viel Verve, Verbindlichkeit und Generosität betreibe.

Klartext deklarierend schreite Ich in ewiger Gelassenheit dahin und intoniere Wettgesänge in den gütestrahlenden Gemütern, die Mein eigen sind, hinauf, hinab die Jakobsleiter, die die Himmel Meiner Gunst verbindet, immer näher zu Mir her.

Was glaubst du, dass Ich unaufhörlich, hellbewusst und kunstvoll unternehme? Dich, als Herold Meiner selbst, ins Weltenall hinauszuführen, als in einen Geistraum voller Licht und Traulichkeit und Liebesenergie. Nicht umsonst sollst du an Meinem Baum gehangen sein, als Frucht der Hoffnung und bewundernswertes Resümee von Gotteskraft und Güte, bis du abfällst als Vollendeter in Meine Geistesgründe, sie mit dem Nektar deiner selbst aufs Trefflichste zu nähren.

Bist du denn Mein Konterfei und Meiner weltumspannenden Gebärde Glut und Strahlen, kannst du dir der Auserlesenheit und Exzellenz bewusst sein, die Ich dir verschafft und zugehalten habe. Eines Gottes Gleichmass und Gepränge, Überschwänglichkeit und Grazie zu sein, ist ja nicht ohne und soll mit Vehemenz dein Selbstbewusstsein stärken, ebenso wie Meines akkurat in dir.

So ist denn alles, was da *ist*, von Mir direkt auf dich bezogen und soll dich demnach auch in weltenmännischer Manier hinauf in Meines Denkens und Empfindens Reichtum führen. Willst du das? Es gibt nur diesen einen Weg, um deiner Seele Sehnsucht nach Beglückung, Harmonie und Frieden, Anmut und Geselligkeit zur Ruh zu bringen. Wappne dich und sei Mein eigen für und für und fasse dich ins Weltenwort zusammen: Ja, Ich Bin und Bin des Seins glückselige Gebärde wahrer Wirklichkeit und alldurchströmender Bravour.

3.12
Zum Auftritt Meiner selbst vor vollem Hause ist noch folgendes zu sagen: Ich warte nicht, bis sich die Lebensdinge für Mich oder wider Mich zusammen-

legen, sondern packe sie aus eignem Antrieb unvermittelt an, um ihnen Form und Farbe, Figalanz und Fertigkeit zu induzieren. Antrieb, seelenvolle Machart, Mustergültigkeit und unbekümmertes Versuchen sind die Attribute, die Ich immer grandioser und gewissenhafter zur Entfaltung bringe.

Was brauch Ich mehr, um Meine Pläne darzulegen, als ein filigranes Netz von Überlegungen, die allesamt den Willen und die Matrix der vollendeten Genügsamkeit und Wohlfahrt in sich tragen.

Gestalterisches Flair, Gutmütigkeit, Gerissenheit, Glaubwürdigkeit, Balance und Redlichkeit begleiten Mich auf allen Touren durch das Reich der Mitte, das Ich vor Mir aufgerichtet und voll Artigkeit mit Leben, Licht, Genie und Sieggewissheit ausgestattet habe. Mir macht niemand etwas vor - und nach, weil die Besonderheiten, der von Mir geschaffnen Elemente, so gerissen und geheimnisvoll ihr Sein verstrahlen, dass sie niemals bis ins allerletzte Detail aufgeschlossen und enträtselt werden können.

Bist du dir bewusst, dass auch dein Dasein eine Zelle ist von Meinem aberreichen Mich-ins-All-Verfluten. Winzig ist dein Körperwesen, grandios die Geistigkeit, die dich mit Meiner ununterscheidbar, traulich und dezent verbindet. Sie wird das Weltenwerk geziemend und loyal, schulmeisterlich und aberschöpferisch zur Blüte und Vollendung bringen in himmlischen Gewässern, wie gewaltig inspiriertem Tun.

3.13
Gracias, gracias. Nur *Du* und alles andre ist vermessen vor der Wucht der göttlichen Kausalitäten und Kaprizen im Gewöhnlichen, wie im, in alle Himmel aufgehobnen, Sternenleben. Was dir noch längst

verschlossen bleiben muss, ist Mir seit Urbeginn und Antritt selbstverständlich offenbar, woraus die Sehnsucht abgeleitet werden kann in dir, einwenig mehr zu wissen von dir selbst und deinen oft so unerklärlichen und so bedeutungsvollen Motivationen. Erklären lässt sich dein Gehaben nur aus Meiner allerhabnen Sicht der Dinge, die da *sind*, von Mir geprägt und auf dem Laufenden gehalten durch die Weisen jeder Zeit, die Ich wohlweislich in die Erdenwelt entsende.

Glaubhaft und gediegen ist die Botschaft überirdischer Vernunft, die sie getreu vermitteln und damit das Fluidum der göttlichen Allherrlichkeit zu dir und aller Welt hinuntertragen. Horchst und gehorchst du ihrem Wort, sind deine Chancen zur Verherrlichung und rettenden Verklärung deines Wesens als gegeben zu bezeichnen und du darfst dich Gottesfreund und Gläubiger des Himmels nennen, mitten in der Prozedur des Lebens, die dich überaus in Anspruch nimmt in deinen wackern Erdentagen.

Bist du nun so, wie *Ich* es intendiere, dir und Mir geworden, leuchten dir die Sterne anders, lieblicher, beglückender und seligmachender entgegen. Denn du hast das Lied der göttlichen Gelassenheit und Grazie vernommen, das sie dir entgegentönen. Ihrem heiligen Gesang zu lauschen, sei dein überirdisches Vergnügen und bestärke dich im weiterführenden Prozess des liebevollen Anerkennens Meiner wissenden Belehrungen, Aufmunterungen und Beweise Meiner Güte bis zum Geht-nicht-mehr.

Sichte, was zu sichten ist, in unermessnen Geistesgründen und vermehre das Glückselige im All der Welten, die Ich angefacht und mit Genie bedacht und aufs Vortrefflichste und Liebevollste mit dem Fluidum der Göttlichkeit beschenkt, beseelt und angereichert habe.

3.14

Gebefreudig und genügsam Bin Ich *über* allem Wohlgefallen, Seinssalut und gravitätischen Gehaben, die Ich myriadenweit ins All verströme. Das macht, dass hoch und niedrig, elegant und rustikal, rasant, gemächlich und neutral sich frank und frei und fröhlich fühlen muss im Gleichnis Meiner Wesenszüge. Wahrlich sind sie nicht von deiner Welt der Zwischenräume, Provisorien und selbstverschuldeten Verstiegenheiten, die am Mark des Daseins zehren und am Laufband Dräuendes gebären im allmenschlichen Gedankenarsenal.

All dem entgegen, kann Ich ohne weiteres und völlig unbeschwert die Stirne bieten, kraft Meiner immanenten Fähigkeit, solvent, selbstsicher, traulich und fidel zu sein in jeder Phase Meines tatendrängenden Mich-selbst-Gewahrens. Übersicht, Versiertheit und markantes Selbstvertrauen sind vonnöten, um so federführend, jovial, global und zielbewusst, wie Ich, zu sein über alle Lande hin, die Meinem Reichtum zugehören.

So ist es für dich immer recht und heilsam, dich an Meine Regelmässigkeit und Tugend, Tapferkeit und Gläubigkeit zu halten in der Geistpotenz, die jedem Wesen innewohnt im Lichthaus Meiner Gnaden. Vorwärtskommen kann nur einer, der gewillt ist, konsequent und unbeirrt auf Meinem Pfad zu wandeln der himmlischen Gerechtigkeit und Liebenswürdigkeit am Leben. Bist du so geworden, ist die Treppe rein und lauter, die du Meiner Art gemäss hinaufgehst, als ein sakrosankter und dem Sein verpflichteter Geselle Meiner Zunft der wackeren Verfechter von Gediegenheit und Anmut, Wachheit, Heiterkeit und Grazie des Übersinnlichen, allwie im Götterkabinett von Meinem Sinngehalt und Meinem Überragen.

Walte, walle, wachse und verfüge dich getreulich zu Mir hin mit allen deinen Äusserungen und Gefühlen für Erhabenheit, mentale Bärenstärke und bewusste Aufarbeitung deiner schwächelnden Befunde im Bewusstsein von dir selbst und deinem Selbstgenügen.

Du wirst frei für Mich im Mass der Selbstverständlichkeit, mit der du voll Vertrauen weiterschreitest auf den Spuren der Vernunft, die du dir täglich vorgibst und die vorzüglich Meine sind im Über-alle-Welt-Verfügen. In Mir *Bist* du und kannst nur wahre Freiheit in der Bindung an Mich finden. Treibe so dein Spiel und nehm dich mählich wahr im Wirkkreis des Elysischen, das Ich dezent und gnadenvoll um Mich verbreite. Traue dir das Höchste zu, das sich erdenken lässt und du bist Mir, wie eine betende Begine, angetraut in wundervoll gesegnetem und gloriosem Seinsgenügen.

3.15
Gross bist du und heilig und unendlich noch dazu, schallt der Lobgesang aus hunderttausend Kehlen an Mein gütig offenes Gehör. Als eine Gabe seinsglückseliger Herzen fasse Ich die Klänge und Gesänge in Mein ewig lauschendes Gemüt und ströme Meine Benedeiung über die Verklärten.

Überall wo Gottesfreude und Verehrung Meiner All-Macht herrschen, Bin Ich wesenhaft dabei und unterstütze sinngemäss, was Mir entgegendriftet in des Geistraums überaus gediegenem Gewahren. Ich Bin einer, der sich wunderbarerweise alles merken kann, was immer auch geschieht im Schosse der All-Weiten und verfüge lächelnd, mit dem Wohllaut des Versierten, Generosität und Gnade über sie.

„Wie leichte komm *ich* denn in himmlische Begeisterung in meinen Gauen", frage du und immer soll die Antwort sein: „Jederzeit und jeden Tag, an dem ich, als ein Gottbefohlener und Überzeugter, mit dem Sinn für Höheres geschickt hantiere". Das sei auch *deine* beste Wahl, will Ich dir unverblümt und seelensicher sagen. Denn die Beschäftigung mit dem, was droben ist, bringt Freude, Heiterkeit und Frieden in dein Herz und lässt dich Meine Güte schauen, unverwandt und gnädig über dir.

Rechtschaffen und galant versehe du, was dir an Pflicht gebührt Mir gegenüber, damit Ich deine Seele mit der Grazie Elysiens beglücken kann aus vollen Schalen. Meine Absicht ist es, dir das Leben wohlbekömmlich, schön und traut zu machen, so wie *Ich* es ständig für Mich generiere.

Wirkungsvoll und wahr sei, was dich Mir verbindet und gerechterweise füg Ich bei: Du sollst dir deines Seins in Mir bewusst und sichtig werden über alle Lande hin und sollst Mein strahlender Beginn, wie Meines benedeiten Seins Vollendung sein in deinen, wie in Meinen heilen und glückseligen Regionen.

3.16
Ein, zwei, drei Dukaten, vier, fünf – vierzehn, würdest du für jeden Mist bezahlen, nur um ihn genüsslich zu besitzen um dich her in deinem krassen Sammelsurium. Ich hingegen lasse Mich nicht blenden von dem allerliebsten Tand, mit dem Ich Mich mit Leichtigkeit behängen könnte aus der Fülle Meines Reichtums. Leichtfüssigen Gewissens hüpfe Ich einher, als einer der erkannt hat, dass nur das Wenige, das Ich wirklich brauche, Wahrheitswert besitzt. Es drückt und stösst Mich nicht und

behindert Mich mitnichten auf dem Weg wahrhafter Evolution, den Ich seit eh und je beschritten habe. Höchste Achtsamkeit in dieser Hinsicht sei dir ein verbindliches Gebot, das dich vor dem Zuviel bewahrt und dir Genügsamkeit vermittelt, Lebenstüchtigkeit und unbeschwertes Heitersein in deinen wohlerwogenen Disziplinen.

Zutiefst Erkanntes sei dir wie ein goldner Faden, dem du unbeirrt und tapfer folgen kannst durch dick und dünn und durch die düstern Labyrinthe, die dich stutzig machen wollen. Geschicktheit und Gewinn im Laborieren und Taktieren sind von Mir und lassen sich auch ohne weiteres für dich verwenden.

Nun packe wohlgelaunt und siegessicher in Mir deiner Wohlfahrt Stützen und Begünstigungen an und lasse dich von nichts beirren in der Gemeinschaft göttlicher Gefälligkeiten, die dir wunderbarerweise zur Verfügung stehn. Rausche, tausche und erlausche in Mir alles, was dir frommt in deinen Erdentagen und erwirke so dein Heil und damit auch das Heil der Welt in deiner Näh und Ferne, sinngemäss und redlich, bodenständig und final.

Was du schon längst vermutet hast, gestaltet sich rasant zur seligmachenden Gewähr, dass sich in Meiner Schwingen Wohlgeborgenheit aufs Beste Leben und Gedeihen lässt im Gleichmass einer Zeit der Heiterkeit, der klugen Dispositionen, des Seinsgefühls und der Glückseligkeit im Schosse Meines unerschütterlichen Friedens.

3.17
Wachet, betet, leistet den Tribut des Lebens, dem der *Ist* und ständig eure Wege kreuzt, um sich bei euch bemerkbar und bekannt zu machen.

Ich komme wie von Ferne und Bin euch doch so nah, dass ihr Mich schmecken könnt, wenn ihr nur wolltet. So geschehe es, dass ihr Mir wenigsten ein Quentchen eures Daseins widmet, im Triumph der Seinsgeschichte, wie im Presswerk saftiger Bandagen.

Wollt ihr froh und frei und sicher sein, so lasst euch mit Mir ein, indem ihr Meiner leisen Stimme in euch lauschet und allmählich ihren Sinn versteht im weisen Aneinanderfügen der vortrefflichen Gedanken, die Ich euch gewähre.

Nicht vergebens Bin Ich mit dem Nimbus überragender Gerechtigkeit und Treue, Liebenswürdigkeit und Unbescholtenheit behaftet, die Ich euch vermachen will in grandios befruchtenden und überwältigenden Zügen. Hierzu ist eminente Seinsgeduld, Bestimmtheit und Beredsamkeit vonnöten, bis noch der allerletzte, eigensinnige Beherrscher seiner Welt begriffen hat, dass diese zugleich Meine ist in wunderbar bewusstem und bedeutungsvollem Über-Mich-Verfügen.

Mein Impuls entspringt dem wohlerwogensten und genialsten Pläneschmieden, das man sich denken kann im Menschengötterreiche, dessen Herr Ich Bin und als dessen Zeuge ihr Mir hochwillkommen seid im Weltenschauspiel, das Ich ständig inszeniere.

Nun gut. Ihr seht, wie alle Weltenwirklichkeit in eins verflochten ist mit allem, was Ich in ihr Bin und bleibe, Nützliches erstrebe und vertrauensvoll an Meine Bürgen weitergebe, um den Trend nach Wohlfahrt, Geistigkeit, Gutmütigkeit und Edelmut voranzutreiben.

All so giesse Ich das Gotteswort in eure offnen Schalen und - verstumme wieder, um des reinen Seins zu pflegen, als das Vorbild der Erhabenheit, Unsterblichkeit, Bewusstheit und Glückseligkeit im Geiste, der euch liebevoll umfängt und zart zu sich hinanzieht im Erfüllen seiner meisterlichen Mission.

3.18

Wimme, aber wimme links und rechts von Mir im Gleichschritt mit den Meinen, die schon längst zur Tat geschritten sind im Acker der verheissungsvollen Früchte Meiner Provenienz und Meines Wohlgeratens. Bist du dann so weit gediehen, dass dich ein unendlich Gleichmass, wie die nötige Geschicklichkeit erfüllt, kann Ich dich zum Meister derer küren, die ihr Handwerk weniger verstehn.

Konkret gesagt ist alles, was Ich sinnend und gewaltig motiviert in Meines Seins gloriosem Zirkel unternehme, eine Geisteslustbarkeit in grandiosen Zügen. Molto bene, muss Ich selber zu Mir sagen, wenn Ich das Gebotene mit dem, was andre bieten und begeistert tun, vergleiche. Ich Bin Mir des markanten Unterschieds bewusst, der zwischen all den schöpferischen Qualitäten, Quintessenzen und Prinzipien besteht, die *sind* und denen, die noch ihre maledetten Tücken an sich tragen.

Nur wer "Ich Bin" zu sich und seinem Anhang sagen kann ist fähig, ewig gültige und siebenfach geprüfte Werke, Wirkungen, Vortrefflichkeiten und bezaubernde Erfindungen hervorzubringen.

Schau du zu, wie elegant und rücksichtsvoll, galant und gütig Ich das auserlesene Geschäft des Keimens, Wachsens und Zur-Wirksamkeit-Erstehns betreibe und versuche, nur *ein* Quentchen davon unverblümt in deiner eigenen Regie zustand zu bringen. Es wird dir nicht gelingen, ohne dass Ich kräftig, lebenspendend und loyal auch Meinen Einfluss spielen lasse, hinter den Kulissen, schöpferwillig, magistral.

Dazu kommt, dass Ich Mich mit allem, was da *ist*, identisch weiss, bis in die allerletzte Fiber. Was ja bedeutet, dass das Weltgeschehn als Ausfluss Meiner selbst betrachtet und erkannt, gewürdigt und verstanden werden muss, wie es sich auch geziemt für alle, die in Mir ihr recht bescheidenes und mangelhaftes Lebenswerk vollbringen. Ich schaue zu und - merke du, wie anspruchsvoll Ich Bin, wenn Ich die Taten Meiner Helfer zähle und sie stähle für die Wucht der Unternehmungen, die sie durch dick und dünn, hinauf, hinab, hinüber und zu vollbringen haben.

Was Ich will ist wunderbar harmonischer Gehorsam jeder Einsicht gegenüber, die dich schnurgerade und bestimmt zu Meinen Zielen führt. Denn auf diese Weise lässt sich trefflich leben, lieben und auf seinem Recht bestehn. Ist dir das Bündnis mit Mir klar geworden, bist du ein Verklärter und darfst dich überglücklich fühlen als Mein hoch gesegneter Gespan. Ich will und immer willst auch du sogleich im Grund der Motivationen und natürlichen Befehle, die Ich rundherum und unfehlbar erteile. Das ist durchaus gewiss und soll dir deine Wissenschaft vom Sein versüssen. Es ist Mein Nimbus der Erhabenheit und Stärke, der fugenlos in deinen mündet und dich, wenn du willst, bedeutend, unerschrocken, majestätisch, seinsbewusst und selig machen kann im Zelebrieren Meiner Universenliturgie.

3.19
Einer Tauchfahrt in die Gründe der Allwirklichkeit sollst du dich unterziehn, steht ins Register deines Geistesfortschritts eingeschrieben. Natürlich kann nur Ich es sein, der solche Dinge wälzt und die Verwunderung der Leute anheizt in Bezug auf ihre Hintergründe und ihr wahres Antlitz übersinnlicher Natur. Du magst Mich lange nicht verstehn in dem, was Ich dir pausenlos besage. Dennoch sind es deines wahren Wesens Hieroglyphen, die du bald

zu deuten fähig bist, um sie schlussendlich vollumfänglich zu begreifen.

Ich ehre, was du Bist, indem Ich dir dein Bild vor Augen halte und dir väterlich dazu verhelfe, es als Meines zu erkennen in der erhabnen Dynastie der Seinsvermählten.

Wie schmeckt dir das, dich als das Sein im Geiste zu erfahren, dem in seiner Fülle, Meisterschaft, Virilität und Fabelhaftigkeit nichts fehlt, um hell begeistert und beseelt voranzuschreiten in der Lebenstage Lust und Götterspiel?

Ich träufle dir bewusst den wundertätigen Begriff der Fülle ein, damit du, von ihm zehrend, dein Bewusstsein nähren kannst mit grandiosen Selbstverständlichkeiten. Seit Äonen stehen sie dir zu in der Wallfahrt durch die Generationenfolge, die dich prägt und vorbereitet für den Einzug ins Elysium von Meiner liebevollen Gunst und Meinen Gottesgnaden.

Was hat es doch Bedeutendes auf sich, in deinem Sein dich Menschengott zu nennen und Erwählter einer Strategie des ewigen Dich-Verwandelns in ein Besseres und Höherwertigeres, bis du völlig Mich geworden bist als Sein vom Sein und sakrosanktes Preziosum von des Himmels leuchtendem Begaben.

Selig bist du dann und bist es heute schon im wunderbar gesättigten Erkennen deiner Dignität und deines wohlgesitteten In-Meine-Gottesweiten-Schreiten. Tust du Mir den kapitalen und erhabenen Gefallen, dich vehement auf Meine Seite und Struktur zu schlagen, kann Ich dir dazu nur gratulieren. Denn hier sprosst dein Heil und deine Stärke, deine Vielfalt, Seinsgerechtigkeit und Harmonie in der beseligenden Atmosphäre wahren Seins und seinswahrhaftigen Friedens.

4

Die Gründe der Allwirklichkeit

4.1

Konstanz im Sein zu fühlen und erleben über Generationen hin - und hier, wie dort, im selben Fluidum der Unvergänglichkeit, Unendlichkeit und Unerschöpflichkeit zu stehn, ist ein Befund brillanter Wachheit, wie von götterherrlichem Mich-selbst-Begreifen. Was ist das Leben, wenn nicht eine seelenvolle Kraftentfaltung der allgöttlichen Natur, in deren Sog und Druck, bejahendes Geflüster und begeisterndes Agieren du hineingenommen bist, noch ohne es konkret zu wissen, doch schon im Morgendämmerlicht erstrahlender Bewusstheit, die alles mit sich reisst, was *ist*, mit ihrem Lichte, ihrer Leichte, ihrer Seinserkenntnis und Verbindlichkeit in Universenweiten.

Was hast du vor, will Ich hier fragen? "Ein gesegneter Adept der heiligen Gesetze universenweit zu werden, ist Mein glückseliger Gedanke", sollst du bedächtig rezitieren, kurzerhand und klugerweise vor dich hin.

Die Herzenswohlfahrt und Begeisterung am Sein und Leben, die dich ob der klar gefassten Perspektive deines Seins auf alle Zukunft hin erfüllt, muss dir auch eine exquisite Seelensicherheit und Unbeschwertheit, Einzigartigkeit und Lebenslustigkeit bescheren. *Ich Bin*, darfst du dir tausendmal am Tag glückselig wiederholen, um so das Meisterwerk der Selbsterkenntnis vor dem eigenen Gemüt zu offenbaren in bewundernswürdiger Manier.

Was bist du denn, wenn nicht des Seins allüberspannende Gebärde der Erhabenheit, die von Mir ausgeht und die Wesen all erfasst, durchflutet und flexibel macht in unerschütterlicher Wertbeständigkeit, die Ich mit ihnen teile und bewusst und liebevoll, grosszügig und verbindlich auf ihr Lebenskonto übertrage.

Nun gilt es. allgemein zu machen, was erst in wenigen bekannt, bemustert und erfüllt ist, als ein Phänomen der götterherrlichen Befindlichkeit und selbstbewussten Harmonie. Du trägst das Siegel dessen, was Ich Bin und was die Andern alle auch ertragen. Bist du treu und redlich, muss dir diese Blüte reinen Glückes und Verstehns auch aufgehn und dir Fabelhaftigkeit und Fülle sein in deiner menschengöttlichen Karriere.

4.2

Aufgemuntert von weiss was für Genien Bin Ich und lebe fortan im Bewusstsein ihrer Geistesgegenwart in Mir. Das herzinnige Beschauen lehrt Mich, Dinge und Gegebenheiten liebevoll in Meinem Lebensraum zu akzeptieren. Und der ist allumfassend in der bravourösen Wirklichkeit der Geistessphären, die Ich Mir, mit Heldenmut und unerschütterlicher Willenskraft, erschaffen habe. Todsicher Bin Ich, dass sie existieren und belebend und befruchtend wirken, auf alles was Ich unternehme und dem All der flukturierenden Gedanken weidenschlank und zart entgegenbringe in der Hoffnung auf Erwiderung und klar erkannter Diktion.

Das ist nun Mein Befund und Meine Seelenstärke im Gebiet des überirdischen Agierens, dem Ich Mich mit Vehemenz, Natürlichkeit und Unnachgiebigkeit verschrieben habe. Alles so Erreichte macht Mich sicher, herzensfroh und dankbar einem Seinsgewaltigen gegenüber, das Ich selber Bin und dem Ich Achtung und Bewunderung, Liebenswürdigkeit und Anerkennung zolle.

Unendlich weise Bin Ich, wie Ich weiss, in allen Dispositionen und Entscheidungen, die Mir den Nimbus eines Göttervaters allgerechten Seins, geschniegelten und majestätischen, verleihen. Ich finde alles richtig, unbeschadet, unerhört und heiter, was Ich Bin und immerwährend bleibe, grossgefächerten Gebarens. Wie sollte Ich nicht hoch erfreut und glücklich sein über so viel Kreativität, Bewusstheit, Tunlichkeit und Grazie der allumfassenden Gerechtigkeit in Mir. Es kommt die Stunde, wo auch du, des absoluten Freiseins inne, dich als Götterbote und Geläuterter verstehst in wunderbar verständnisvollen und dem Sein verschriebnen Meisterzügen. Es gilt für dich dann nur noch, deine alles überflutende Glückseligkeit mit Anmut zu ertragen und in ihr dein kapitales Heil zu finden, zart und friedevoll, unendlich heiter und gelöst in Meine Sternenwelt gezogen.

4.3
Tochter Zion, dein Geliebter lebt und lässt sich's wohl sein in den lichterfüllten Göttersphären. Komm und sieh und staune, welche Pracht er für dein Throngebet entfaltet und nicht müde wird, dem Brautkleid, das er um dich legen will, den Duft und die Gediegenheit Elysiens zuzuhalten.

Freu dich und frohlocke, weil dir aufgetragen ist, des Herren Gunst und Güte, Macht und Meisterschaft allüberall in seinem Reich mit weh'nden Fahnen zu verkünden. Stell dein Licht auf hoch erhobnem Scheffel allen dar, die es bewegten Herzens seh'n und sich daran erwärmen und erbauen wollen.

Ich schütze dich und leih dir Kraft und Güte, dass du ohne Fehl den Dienst der Herrlichkeit versehen kannst, den Ich dir auferlege. Denn es ist recht anspruchsvoll, das Wort des Herren zu verkünden. Der Wege sind gar viel in seinem Reiche abzuschreiten, bis allen frohe Kunde ist gebracht vom Einssein mit dem Gott der Sterne und

Gewalten, dem Erlöser von der Fron, sowie dem Führer in die Grazie des Himmels, die den Wohlgesinnten, Gläubigen und Liebevollen ständig offensteht.

So hell, so liebenswert und freundlich sind die Sphären Meiner Geistesgegenwart, dass du darob entzückt in Herzensjubel ausbrichst und glückselig und gestillt, gelassen und begeistert weilst in ihnen. Gürte dich mit Weisheit und Geduld und mach dich sogleich auf, die neue Wirklichkeit und Wahrheit, Tugendhaftigkeit und Sternenanmut zu erringen.

4.4
Geläutert sein heisst, ein gar fein entwickeltes Sensorium für was du Bist dein Eigen nennen. Du schaust in Trautheit und mit hocherhabenem Gefühl in deine Welt hinaus und siehst dich als ein Ganzes mit den überall agierenden und selbstbewussten Schöpferkräften, die da *sind* und ihr geheimnisvolles Wunderwerk betreiben.

Ganz ohne dich darob zu brüsten, lässest du ein Heer von Wanderern weit hinter dir im Schattenhaften stehn und wirfst dich förmlich dem erlauchten Sonnensein in Mir mit unerhörter Leichtigkeit und Seelenseligkeit entgegen. Was vordem eher harzig und erzwungen war, ist nun ein selbstverständliches Dich-in-der-Sicherheit-des-Alls-Bewegen, dem du angehörig und vermählt bist in den allerfreundlichsten und wohlgefälligsten, bewundernswertesten und meisterlichsten Zügen.

Was kann dir lieber, teurer und begehrenswerter sein als die Erkenntnis, dass du Bist das Sein in allen seinen raumerfüllenden Fibrillen und Verfügbarkeiten, in den geistigen Prinzipien, die es sich eh und je zum Ideal erwählt, wie in der Liebenswürdigkeit, mit der es sich den Seinen präsentiert und sie mit allem ausstaffiert, was sie zum unbeschwerten Existieren brauchen.

Der im Sein Erfahrene braucht sich um nichts zu kümmern als darum, die Werte hochzuhalten, die ihn mit göttlichen Substanz und ihrer Gegenwart aufs Innigste verbinden. Sie sind es, die ihm Freiheit des Gewissens, Heiterkeit und Anmut des Gemüts verschaffen, selbst in der labilsten und prekärsten Lebenssituation. Ich Bin ins Sein gerettet, darf sich der hoch Bedrängte sagen und sich in der Überzeugung sonnen, dass er eines Gottes Würde und Gewandtheit, Weisheit, Geistigkeit und Zugkraft in sich trägt in allen Himmeln der Erfüllung und Beglückung, Lauterkeit und Schönheit seines lichtgewordnen Wesens.

4.5
Der Befund, in Meinem Netzwerk, Kuriosum und Alpinum ruchbar und präsent zu sein, kann dir nur richtig ins Gewissen kommen, wenn du, aller Weltgedanken bar, die Stille hütest und in ihrem Duften davon unterrichtet wirst, was du seit Ewigkeiten *Bist* und vor dir selber statthaft machen kannst.

In deinen tiefern Schichten lebt und webt die silberglänzende Erinnerung an deine Vorzeit, die in Meines Geistes Schoss und Einfluss, Glanz und Glorie gedieh. Sowie du inne wirst, was du dir wesenhaft in deinem Sinngedicht und göttlichen Profil bedeutest, erlebst du dich im Leiblichen wie eingeschlossen in ein illusorisches Geplänkel und Gespiel. Was bleibt dir da zu fühlen, wenn du dein wahres Ich und damit Mich erkannt hast in der Lebensszenerie von wacher Gutheit, Raffinesse, Unerschöpflichkeit und götterlichten Harmonie? Allertiefste Dankbarkeit dem Schöpfer gegenüber für dein Sein und für die Seinserkenntnis, die dir von Mir zuteil geworden. Nur die Zeit vermag, dich von der grandiosen Offenbarung und Befindlichkeit zu überzeugen, dass du Meiner Geistigkeit Konkretum, Würde und wahrhaftes Faszinosum bist mit allen lebenslustigen Schikanen.

Geh nun in dich und schau dort nach, ob alles stimmt, was Ich dir so besage. Denn nur im Wissen um dein wirkliches Statut, bist du auch wahr und kannst dich rühmen, wahre Menschengöttlichkeit und Friedefertigkeit erlangt zu haben.

Deute dich - und jede seinslebendige Nuance Meines In-dir-Wesens ist gedeutet, werde fromm, gewissenhaft und liebevoll und du bist *Meines* Zielens Ziel und *Meines* Sinnens Wohlgefälligkeit im seelenvollen Dich-im-Sein-Erleben.

4.6
Aller Vielfalt und Beweglichkeit, Erfahrung und beseelten Harmonie Bin Ich von Herzen zugetan und fördere, was aktiv ist und unternehmungslustig, folgenschwer. Aktiv sein heisst auch, gehörig schweigen können vor der leisen Inbrunst, die Ich den Getreuen Meiner Daseinskünste herzensgut entgegenströme. Wer sich Mir öffnet, kann sich Meiner fruchtigen und wuchtigen, hauchzarten und bedingungslosen Gaben aus dem Tempel der Unendlichkeit gewiss sein, den Ich behutsam und gekonnt verwalte.

Du sollst mit Mir das Spiel des Lebens ohne Fehl und Furcht zur strahlenden Vollendung stilisieren. Denn in der beglückenden Symbiose zwischen dir und Mir liegt aller Glorie Anfang und die Drift zur Grazie des Himmels, deren Sponsor und Statut Ich Bin in aberweisem Herzbewegen. Meiner Überlegenheit gemäss verseh Ich alles Keimende und

Blühende mit Lebenskraft aus Meinen Schössen und bewundere dabei den Fortschritt, die Gewandtheit und die Seelensicherheit, die Meine Bürgen sich dabei erringen. "Um Gottes Willen steh Mir bei", sollst du beständig und inständig rufen, um die Himmelskräfte akkurat zu deinen Gunsten umzustimmen in der Vielfalt dessen, was sie zu erfüllen haben.

Tanke so Mein Wohl und danke ständig für den fabelhaften Dienst, den *Ich* dir in der Länge und der Breite deines Daseins liebevoll erweise. Denn es steht geschrieben: Gott lässt seine Lieben niemals los und spendet Güte, um den Groll zu zähmen, Gelassenheit, um stille Heiterkeit zu zeugen und Verbindlichkeit des Herzens um der Liebe willen, die die Welt aufs Innigste beglücken und erlösen soll von ihren mannigfachen Nöten.

4.7

Ich potenziere Mich, indem Ich die Bedeutung Meines Körperwesens reduziere auf das rechte Mass, das ihm im Götterdenken zugehalten wird. Wer sich des Geistgehalts bewusst ist, der ihm innewohnt, verschafft sich eine Ansicht von sich selbst, die wahre Menschenwürde atmet und dem Göttlichen, das in ihm west, den Vortritt einräumt in des Lebens hocherhabenen Belangen.

Du liesest Worte hier in rauhen Mengen und rätselst, was sie dir bedeuten allsolange, wie dein menschliches Gewissen nicht erwacht ist zum Erfahren der All-Göttlichkeit, die es beseelt und wissend, tatenfroh und unerschöpflich macht in ihrem Dich-Begründen.

Wachet, betet und besinnt euch auf euch selbst, ist keine leere Formel, sondern ein untrüglicher Befehl, den Ich, in dir, Mir selbst erteile, um die

Richtung vorzugeben, in der es zu marschieren gilt am Gängelband der Evolutionen. Du bist hieher gewandert durch Äonen und hast ein Arbeitsfeld vor dir von unerhört geschmeidigen und gottgesegneten Dimensionen. Was willst du mehr? Es klären sich dir alle Lebensdinge, wie der helle Morgenhimmel, auf zu einem Fest natürlicher Begabung, Genialität und Folgerichtigkeit, die ihresgleichen suchen.

Komm nun an Mein Herz der Hilfe für ein jedes Unterfangen, das dir nützlich scheint und wohlgefällig vor dem Herrn in deinem Tätig-Dich-Verfluten. Ständig Bin Ich bei dir, wo du gehst und stehst und führe dich empor zur Reinheit Meiner Züge, wie zur Seinsglückseligkeit, Manierlichkeit und Minne der Verklärten.

4.8
Überaus gefällig und verbindlich sind die gütestrahlenden Veränderungen, die Ich generationenlang an dir vollzogen habe. Ein unerschöpfliches Versuchen und Betuchen findet statt in allen Rängen aller Wesen, die da *sind* und sind von Mir ein Zeichen der Barmherzigkeit und Wohlgesinntheit denen gegenüber, die Ich millionenfach erschuf. Was du dir selbst geworden bist, ist nur aus Meiner Sicht gebührend und erspriesslich zu erfragen. Denn deine Kräfte sind seit eh und je, wie federleichter Schnee, in Meine eingebettet - und versehen ihren Part in unvergleichlich wirkungsvoller Weise, als ein Glanzstück Meines Webens an den Welten im Allhier.

Daraus ergibt sich, dass die Summe aller Aktionen sich zusammensetzt aus dem, was du, wie Ich, an die Vermehrung ihres Glanzes, ihrer Glorie und Gottgefälligkeit verwendet haben. Du lebst und webst nicht einfach so dahin, denn unter deiner maledetten oder genialischen Regie verändern sich gemächlich und gewollt die Dinge deines Hierseins zum Erhabeneren oder Niedrigeren, als sie's vordem waren. Ebenso ist Mein Mit-Mir-wie-dir-Verfahren eine ständige Verfeinerung der guten Sitten und Gebräuche, die aus allem, was da *ist*, erstehn und unbedingt den Mythos von der Macht und Herrlichkeit, Empfindsamkeit und Grazie, die Mir eigen sind, im All verbreiten.

Was Ich denke, denkst du mit und was Ich in Mir fühle, fühlt dein warmes, liebelichtes Herz in wonnevollen Zügen. Eine Gabe der All-Weisheit soll dir jeder Anspruch sein, der in Geschmeidigkeit und Unerbittlichkeit an dich ergeht aus Meinen sakrosankten Schalen. Ich will, dass du in Ehrfurcht und Verschwiegenheit, Vertrauen, Dankbarkeit und Minne deiner Tage Werk an dir, wie Mir, versiehst und damit Meiner Achtung und Belohnung würdig wirst für Zeit und Ewigkeiten.

4.9
Wenn schon Mitgeniesser, sollst du auch Mitwisser sein am weltumspannenden Projekt, das Ich Mir ausgedacht und dann mit Leben, Eigenwilligkeit, Gemüt und Sachverstand versehen habe. Glückselig, wer erkennt, dass Schöpferkräfte namenlosen Brütens und Behütens hier am Werk sind, die, mit überragendem Genie und Tatendrang begabt, Manöver ganz besondrer Art und Weise inszenieren. Was, wie aus dem Nichts gezaubert, in der Menschenwirklichkeit erscheint, ist eine Göttervariation aus geistigen Hintergründen, die vom Schaffen was verstehn und sich galant und redlich, wissentlich und mit erhabner Zuversicht in den geringsten Zellkern giessen. All dies ist so wahr und

logisch und der höchsten Seinserkenntnis abgerungen, die Ich Bin, wie es für dich gegeben ist, dass du dir Gottes Sommerluft eratmest, derweil frühmorgens auf der Farm die Hähne ihre Lebenslust verschreien.

Da graben aberviele pfiffige und forschersüchtige Gelehrte tief ins Fleisch der Welt hinein, dem Wesen allen Daseins auf den Grund zu kommen. Genial ist das, geschickt und hilfreich und erhaben, doch ein Geistiges ist dabei nicht zu finden. Vor Mir erscheint das Weltbild der gebornen Analytiker, Sezierer und Beschleuniger der minikrimsten Teilchen, derweil Ich lächelnd *Meine* allumfassende und hochgebenedeite Geistesschau darüberstülpe. So stelle Ich das Ganze unverfroren und genüsslich als den Ausfluss elitärer Himmelskräfte dar, die ihr Sein und Sinnen seelenruhig aus sich selbst gewonnen haben.

Deine Machart ist nichts weiter, als was *sie* voll Grazie und Kunstsinn, Liebenswürdigkeit und Minne ausgedacht und ausgetragen haben. Suche dies vor allem innig zu begreifen und schliesse dich im Denken und Gefühl der Wohlfahrt ihrer Taten und Gewinste an, damit kein Quentchen in der Kunst lebendigen Betrachtens aller Dinge unerkannt verloren geht im Weltengarten.

Willst du wahrhaft glücklich sein, erkenne, was da *ist* und lerne in der Aussenwelt dich selber zu gewahren, wie tief im Innern Mich, der dich zum Gotteswesen stilisiert und deine Ansicht von dir selbst ins Sein erhebt und in die Wonne und Bewusstheit, Heiterkeit und selbstverständliche Holdseligkeit und Grazie der Verklärten.

4.10

Wem die Stunde schlägt, der ist im Nu mit Haut und Haar an Mich verloren, der Ich Bin und dem die Weltendinge alle zu Gefallen sind und Ihm gehören. Hocherhobnen Hauptes läufst du Mir gekonnt, bewusst und weihevoll entgegen, sowie dein Herz im Rhythmus schlägt des Ewigen, von dem die Kunde geht, dass Es allüberall auf jene wartet, die ihm treu ergeben sind und unverrückbar zu ihm halten.

Nimmst du Mich wahr, dann lässest du bewusst und heiter alles Menschenweltliche mit dir geschehn und weisst dabei, dass es untrüglich ist von Mir ein Anruf zur Beständigkeit und Wohlgesonnenheit, zum Aufbruch und zum sakrosankten Herzensfrieden. Alles, was geschieht, geschieht in *Meiner* Hemisphäre wahren Fortschritts und verheissungsvollen Suchens. Neue Welten werden aus den Vielbewährten und Begründeten geboren, die schon *sind* und denen das Geflüster der Verklärten lieblich in die Ohren klingt. Dies, um sie herbei zu locken und dem Guten zuzuführen, das bereits in ihnen west und ihren Standard zu den Sternen hebt, von denen sie ihr selbstbewusstes Dasein haben.

Ich überschatte dich mit Meiner Schwingen Vielzahl im glückseligen Vorübergleiten und verriesle Mich in liebevoller Weise über deinem Haupte, um dir Glück zu spenden, Himmelsglorie, der Zeiten Zuversicht und Gottes siebenfaches Wohl.

4.11

Wer ermächtigt dich den Namen „Gottgeweihtes Sein" auf Stirn und Lippen frei herumzutragen? *Ich*, der Inhalt und Gewissen, Sendung und Vollbringer deines Wesens Bin in einer Art und Weise, die dich aufs Allerhöchste freuen und begeistern kann. Denn Sein vom Sein in Minne, Selbstzucht und Bewusstheit darzustellen, ist wahrhaftig und bestimmt das Höchste der Gefühle, die da *sind* und seelenselig bei dir bleiben.

Nun kannst du selbst ermessen, welche Chance darin liegt, ein überirdisches Gebinde und Gewinde recht geschickt und siegessicher auszuspielen, um der Welt, wie Mir damit den Lichtblick einer gottgefälligen Wohltat zu erweisen. Jedes deiner wohlgelungenen Gewinste sei dir ein beredtes Zeichen Meiner Gunst und Güte, die die Welt mit Wucht und Wohlverstand gezielt und unaufhörlich in ein höheres Dasein heben. Schreite du als Herold, Held und Würdenträger mutig vor Mir her und verkünde das *Ich Bin* in jeder Art des tüchtigen und sinnbegabten Unterweisens.

Mehre du, was schon in Fülle und vollendeter Mixtur zu deinen Diensten steht und habe Acht, dass unter deinen Händen nichts verdirbt und nichts verschüttet wird im vielgebräuchlichen Agieren.

Nun denn gehab dich wohl, wie einer, der seit eh und je und immer vehementer unter Meinem Schutze steht. Mein Wille und Gewissen trägt dich unbeschadet meilenweit voran, wenn du nur Mir allein vertraust und alle deine Kräfte, als die Meinen, sich in dir verspielen.

Du begründest Seinsglückseligkeit und Wohlfahrt um dich her und bist Mein auserwählter und erhabener Gesandter, heimgekehrt und wohlbewahrt, glückselig und gestillt im Schweigen der Unendlichkeit.

4.12

Nicht der allerzierlichste Beweis ist Mir vonnöten, um schlüssig darzulegen, dass Ich Bin der eingeborene Gebieter und Beherrscher aller Zeiten, die da *sind*, um völlig unbeschadet und galant ihr Wesenswerk im Irdischen, wie im Verklärten zu errichten.

So fantasielos und in sich versponnen kann wohl keiner sein, um nicht zu spüren, dass ein unbedingter Wille lenkend und gebietend, traut und wuchtig hinter allem steht, was du gewahrst und mitbekommst in deinem Dich-Verwundern.

Über Mich zu spekulieren nützt nicht viel. Entweder weisst du, dass Ich Bin - oder dein Verständnis reicht nicht weiter, als zu deiner Nasenspitze, wo es förmlich stille steht und sich selbst genügt in besserwisserisch gewordenem Gedankenschieben.

Im Grund genommen weisst du nichts von dir, solang du nichts von Mir erfahren hast, der Ich dich Bin und der allein das Wesen aller Dinge ausmacht in der Fron, der Nützlichkeit, Galanterie und Strebsamkeit im Menschenleben. Alles ist es, was Ich mit dir teile, jede Drangsal, jeden Irrwitz, jede Liebenswürdigkeit und jeden Mut. Nur du bestimmst, aus wessen Schale deine Weisheit fliessen soll und wem du zugehören willst in deiner zwitterhaften Seinsnatur.

"Befiehl Du Meine Wege", würde dir wohl anstehn täglich zu touchieren im gedanklichen Kalkül von Widerspenstigkeit und tätigem Dich-in-das-Unabänderliche-Fügen. Es ist ein Sprung ins Nichts, wenn du dein Eigensein vergissest, um dann plötzlich zu erfahren, dass du eines Höheren gewürdigt und gewahr geworden bist in wunderbarer Selbstverständlichkeit und Allegrie. Das ist der Einstieg in das Freisein von jedwelchen partiellen Nöten und Behinderungen, ebenso wie der Beginn des seinsglückseligen Agierens. Du in Mir und Ich in dir, ist eine Wortbegründung von besondrer Attraktivität, die will dich sicher und seriös, dem Wesentlichen zu, belehren. Ergreif sie und sei mit ihr aufs Köstlichste beehrt und bei Mir eingekehrt zu deinem Hochgewinn und Herzenswohl in unvergleichlich glückerfüllender Manier.

4.13

Über satte, grüne Hügel schreite Ich getrost voran, die Güte des Gedeihens ihrer Früchte zu erfahren. In jenen Landen, wo Ich Bin, herrschen Friede, Freiheit, Herzensgüte und geflissentlich gepflegtes Wohl. Aus Mir selber Bin Ich, satt von Liebenswürdigkeit und Seinsvertrauen, Seelensicherheit und Heiterkeit geworden. Meiner Pläne Myriadenzahl blüht auf allwie am Schnürchen und gestaltet sich zu einem Freudenfest des immerwährenden Erfolgs am Sein und Leben.

Im Wohlgefühl des kräftigen Gedeihens tret Ich, in dir, vor Mich selber hin und lasse Willenskraft, gestalterisches Können und geniale Phantasie in Meine Meisterwerke fliessen.

Zum Freisein muss die Tugend sich gesellen, dass die Wesen Meiner Huld und Ungeduld am Schaffen sich in ihrer Eigenart gewähren lassen und weder Machtgefühle, ätzende Gereiztheit, noch gezielte Überforderung und Zweifel am Gelingen generieren. Was immer gut ist, wohlbedacht und genial, trägt Meine sakrosankten Züge und verleiht dem Ganzen eine Würde ohnegleichen, die das Übliche bei weitem übertrifft in seiner Eleganz und kapitalen Strahlkraft.

Geheimnisvollerweis bist du in alles, was in Mir geschieht, hineingezogen und erfüllst dein Eigenes im Rahmen einer allgemein verbindlichen Doktrin, die, von Mir verfasst und ausgegeben, alles regelt und regiert, was *ist*, in Meinem Grosskonzern und Meinem Über-Universen-unerschütterlich-Verfügen. Somit ist für ein und allemal gesagt, wer Herr im Hause ist der hunderttausend Künste und Gepflogenheiten, Günste, Dünste, liebevollen Gesten und Gemeinsamkeiten. Nur dass du Meines Seiens Anhang und Gefährte bist, sollst du dir ins Gewissen schreiben und damit die Sicherheit und Unverfrorenheit begründen, mit denen du des Lebens Los bestreitest. Du gehst dabei, von Glück und Dankbarkeit durchströmt, im Wohlgefühl Elysiens, dahin, wo dir das Ewige erblüht und die Gesegneten des Himmels ihren Schöpfer innig und vertraulich, wagemutig und voll Ehrfurcht preisen.

4.14
Das Desperate muss dem Fröhlichen, das Triste dem Joyeusen weichen überall in Meines Reiches Sinn und Strategie. Heiter, aufgeräumt und unverdrossen sollen Meine werten Bürgen der Allherrlichkeit einhergehn in Natürlichkeit und Seelenaugenfrische durch den ewigen Lichttag, den Ich ihnen herzensgut bereitet habe.

"Mir mangelt nichts", darf jeder von sich sagen, der in Mir und Meinen Diensten seiner Tage Werk mit grandioser Selbstverständlichkeit vollbringt und niemals zweifelt an der Nützlichkeit und Grazie dessen, was er allem Sein zuliebe fördert und mit Wohlbekömmlichkeit versieht.

Was niemals wankt und seine Vollbewusstheit nimmermehr verliert, Bin Ich in Meines Götterseins Erhabenheit und lupenreiner Harmonie, von der die Avancierten unentwegt und unerbittlich träumen.

Es geht nicht an, dass nur ein einziges von Meinen seinserlauchten Gliedern darbt im Zuge des Sich-selbst-Entfaltens und Sich-einer-Freundschaft-mit-dem-Ewigen-Rühmens, die Unendliches erfüllt und grandiosen Weltenzielen zustrebt milliardenträchtig und aufs Äusserste gediegen.

Hier Bist du denn beständig in der Mitte zwischen dem vergangenen und dem noch zu vollbringenden Äonenspiel. Ein unerhörtes Weh durchzieht Mich ob dem Wissen um die Vielen, die die Dinge der Allherrlichkeit noch nicht begriffen haben, derweil sie doch in Mir und mit Mir ihre siegestrunkne Lebenszeit vollbringen. Doch Ich mute ihnen zu, dass sie sich mählich auf ihr Götterrecht besinnen und genau das tun, was ihnen frommt und was Bezug nimmt auf das Eine, das sie unverrückbar *sind* in Mir.

Weisheitsvoll und wohlbehalten wallen die Beglückten Meiner Weltengaben durch den Ozean der Zeit gelassen vor sich hin und erbauen sich an allem, was da *ist* und was noch werden soll in der Gemeinschaft mit den Myriaden Wesen in den götterlichten Sphären.

Glückselig, wer aus dieser Sicht im Sinnkreis des All-Liebenden sein Lebenswerk mit Zuversicht und Anmut, Redlichkeit und wackerem Kalkül versieht, um darzulegen, wessen Charme und Güte er geflissentlich versprüht.

Schlussendlich schweige du, vollends in Mein Gestilltsein eingehüllt und in den Wohllaut Meiner Göttersphären. Weide dich am Sein und wolle nichts mehr, als in seiner Wonne, Heiligkeit und Wohlfahrt selig weilen.

4.15

Warmblütig, vif und offen Bin Ich denen gegenüber, die Mich aus Herzensgrund und voller Sehnsucht suchen. Ich zeige ihnen, wo die Fäden allesamt zusammenlaufen Meines Wirkens und Gebietens in der absoluten Mitte, die Ich Bin in Trautheit mit Mir selbst und mit der Fülle aller Weltenwesen.

Es ist gar nicht ohne von dir, zu bedenken, dass ein unendlich Höheres dich ständig observiert und jeden deiner Schritte aufs Intimste kontrolliert im Pulsschlag deiner Lebenszeiten. So wie du deines Blutes Rauschen in dir fühlst, fühlt auch der Herr der Welten, der Ich Bin, in sich das myriadenfach Lebendige sein Lebenswerk vollbringen. Da kann es recht fatal sein, wenn ein Wesen sich vom Strom des Gottesgeistes, der es lebensvoll durchfliessen will, enthält, denn allsobald wird seine Seele Mangel leiden und in Sehnsucht sich verzehren nach der Güte des All-Herrlichen in seinem Sich-voll-Grazie-Verströmen.

Was Ich dir alles Bin, kannst du nur ahnen in der Selbstbeschränktheit, die du dir im illusorischen Gewissen auferlegst. Deswegen hab Ich dir so dringend aufgegeben, logisch klares Denken zu erlernen und dich mählich von den Irrungen zu reinigen, die dich besetzen und beherrschen in der Tat. Beständig will Ich Mich, der Einzigartige, in dir voll Weisheit offenbaren und dein Seinsbe-wusstsein stärken, bis es nur noch *Meinen* Sinnens Zielen in sich sieht und ihm gehorsam und gehörig folgt im Ungemach der Zeiten.

Dann ist alles gut, gesund und hoffnungsvoll in dir, weil es auch wahr ist vor dem Antlitz des All-Mächtigen, der Ich in Liebe und Vertrauen in dir Bin, um dich zum Licht des Weltengeistes hinzuführen.

Ich wache auf zu Mir, soll deine ständige Parole sein, und mählich kannst du dich damit zu Mir erwecken als zur Freude des Elysiums, zum Herzenstrost und zur erhabenen Glückseligkeit der Geistessphären.

4.16
Und schaust du herzinnig in Meine unendlichen Augen, so wirst du darin den strahlenden Geisthimmel sehn. Was immer dich grüsst vom bezaubernden Ewigen her, wird dich zuinnerst entzücken, weil, was von Mir kommend, voll Zartheit die irdischen Reiche berührt, lässt sie den Hauch der Glückseligkeit spüren.

Ich Bin nicht der, den du suchst mit *deinen* Begriffen, sondern der, den du findest im strömenden Reichtum reiner Phantasie von Gottes unendlichen Gnaden. Sein Schöpfertum hat dich hervorgebracht und hält, was du Bist, in erhobenen Armen. An ihm sollst du dich lächelnd erwarmen, denn er ist täglich und nächtig in dir das Elixier des Lebens und führt dich in zärtlicher Weisheit zurück zu den quellenden Strömen des Lichts und der Liebe im ewig elysisch gerundeten Reigen.

Du bist seit eh und je in das Allgöttliche gebettet und brauchst es nur herzinnig zu erfühlen, um seine Wirklichkeit mit wachem Seelenblick zu sehn.

Was ist berückender, als die Erfahrung, dass du Bist in Mir das Wesen des gerechten Handelns und des Dich-Verwandelns in ein götterlichtes Phänomen der Andacht und Erhabenheit zugleich vor Dem, der *ist* und der du Bist im all so Weisen, Unerklärlichen.

Beredten Schweigens schaue Ich dich an, o Mensch und lasse Meiner Güte Glanz und Meines Geistreichs Wohlfahrt in dich strömen. Mach dich reif und würdig, dies gesundende Geflüster in dir zu erfahren und du bist gerettet und erhoben in die

Gilde der Verklärten, denen alle Himmel des Entzückens und der Wohlgefälligkeit am Sein und Leben offenstehn.

Tauche ein in Meiner Wesenswelt Gebaren und beginne in dir unvermittelbar und wunderbarerweis zu sein, indem du dich in ihr, wie Mir, erkennst als Wirklichkeit von Gottes Geist und Gnaden, wie als Blüte der Holdseligkeit am Baum der göttlichen Natur.

Du Bist und darfst dich Heimgeführter nennen in das Zelt der überirdischen Gerechtigkeit und Wonne, Heiterkeit und seelenvollen Harmonie.

4.17
Polare Gegensätze aufzuheben Bin Ich da und mache Mir ein Fest daraus, dort wo es hinkt, geradzuziehn und wo die alten Schläuche bersten, junge, Seinsgeschmeidige, heranzuziehn.

Ich Bin die rechte Stelle, Ausgleich, Übersicht, Gedankenschärfe, Haltung und dezente Heiligung zu schaffen in der Menschen Chor, damit *Mein* Reich zu ihnen und zu ihren Kümmernissen komme. Denn wie komplex und säuerlich auch immer eine Angelegenheit gediehen sei, Ich verleihe ihr bedeutungsvolle Klarheit von den Hintergründen her, die jedem Weltending zugrunde liegen.

Mach es wie Ich: Verlass dich auf das Innesein, das dich in leisen Lettern mahnt und wachruft, führt und festigt, wenn dir etwas nicht geraten will, so wie du's intendiertest in der forschen Gangart deiner Lebenstage. Nicht du sollst wollen, aber Meine Sanftmut, Seinsgerechtigkeit und Überlegenheit soll leichthin jeden Geisteskampf in dir aufs Trefflichste bestehn. Ich Bin für alles, was da *ist* der urverständige und liebevolle Hüter der Gesetze, die unerschütterlich das Weltensein regieren. Die Dinge mögen noch so fahrig und verworren sein, Ich Bin befugt, sie zu entwirren und den Irrlauf der Geschichte einem fabelhaften Ende zuzuführen.

Kein Stein wird auf dem andern stehn des Tempelchens, das sich die Neunmalklugen insgeheim erbauen, um dem Schicksal ihrer Strategie und Weisheit Wände zu bereiten. Dabei ist nur *Mein* Handelns Stil in dir vonnöten, um des Menschengottes Ziel gewandt und siegessicher zu erreichen.

Sieh dich vor und sammle deine Geistesschätze zeitig, eh die harschen Stürme dich erreichen und dein ganzes Seinsprofil gehörig zu zerzausen suchen. Allein Mein Anstand, arbiträser Spruch und Meine Herzensgüte lassen das Gewitter sich verziehn und dich in einer Himmelsbläue ohnegleichen wiederfinden in der Klarheit reinen Gotteslichtes im Allhier.

Du Bist und magst es kaum erwarten, bis die Geistesströme deine Mühlen überfluten und gedankenschnell ein Werk von wahrer Würde und Gerechtigkeit in dir vollbringen, an dem du dich erfreuen und erbauen kannst. In wunderbarer Harmonie und Seelenseligkeit wird dann der Schicksalslauf dein Lebens Lande überziehn und sie zum Blühen und Gedeihen bringen in bewundernswertem Gotteswohl.

Das ist, was Ich dir mit auf deine Wallfahrt zu den Geisteshöh'n vergebe, dass du gläubigen Vertrauens und Gewinnens auch erreichst, was du dir vorgenommen und der Seligkeit Elysiens anheimfällst, sagenhafterweise, hier, wie nicht von hier.

4.18
Kannst du ermessen, welche Schönheit, Unbeschwertheit, Lebenslieblichkeit und Hoheit des Gewissens darin liegt, dass du dich in dir selbst erkannt hast als das Sein und seine sakrosankten Wunderzüge. Offenbar befreit von allen Lamentationen bist du dir das Vorbild eines gottgesegneten Behüters strahlender Wahrhaftigkeit und auserlesner Güte, die dich unvermittelt in die Gärten des Elysiums führen. Herzenswohlfahrt und holdselige Bewusstheit sind zutiefst in dein Gemüt geschrieben, derweil du völlig unbekümmert deines Weltendaseins Glorie betrachtest im unendlichen Verweilen.
So gelöst, manierlich, liebreich und voll Lebenslust zu sein ist fürderhin dein Los und lässt dich in den Seelentiefen an der Wohlgefälligkeit und Wohlfahrt deines Daseins jubilieren. Das ist nun deiner Zukunft Morgenröte, der dein Seelenwesens Hauch und Hoffnung unentwegt entgegengeht in der Bedeutung, die Ich dir gewähr, wie in der Herzensgüte, die Ich allüberall, bewusst und liebevoll verströme.
So mach Ich's wahr, dass alle, die in Mir und Meinem Reichtum, Meiner Kraft und Mutterzärtlichkeit erwacht sind, sich in einer See von Wonne und Glückseligkeit am Sein erfühlen.

4.19
Was für fette Karpfen schwimmen Mir im Teich der strebenden Gelassenheit voran, dem Hunger zu gebieten. Ebenso hast du dich den Erfordernissen deines Lebens unentwegt zu stellen in der Vielzahl deiner Erdentage. Ich habe Mich in dir der vollen Unabhängigkeit verschrieben in der begehrenswerten Geisteskraft, die Mir gestattet,

Mich über alle Nöte zu erheben, leichterdings und elegant im Bewusstsein Meiner Dignität und Gotteswürde mitten in der Unbekömmlichkeiten Überzahl.

Nun geht es Mir darum, dich statt hinter, vor das Licht zu führen und dir zu versichern, dass in dir dieselben schöpferischen Qualitäten liegen, wie es Meine sind im Sinnkreis Meines fürstlichen Gehabens. Lass auch du dich von der göttlichen Tinktur, die dich beseelt, zu seliger Beschwingtheit und Gelassenheit verführen. Weide dich an dem, was dir in Meiner Observanz und Tatenträchtigkeit gelingt an wunderbarem Aus-dir-selber-in-die-Universenweiten-Gehn.

Sieh, das Überall liegt dir zu Füssen, wenn du nur im Stillesein erkennst, mit welcher Andacht und Geschicklichkeit, Verwegenheit und Raffinesse Ich dich durch die Lebenszeiten führe, derweil du Mir vertraust und *Meine* Fähigkeiten höher setzest, als die deinen.

Reckst du dich, so recke dich beschwingt und heiter Mir entgegen in der überwältigenden Schau, auf was du Bist in deinem Dich-Begründen. Genauso geht Mein Trachten heim in die Erschlossenheit der Himmelssphären, indem sich Mein Bewusstsein wandelt einer Glorie und Grazie von königlicher Konsequenz entgegen. Aufgeräumt und wohlgemut darfst du dich mit dem Label des Ich-Bin versehn, um deines wahren Schicksals und Salutes Willen, die dir treulich von Mir mitgegeben sind. Achte auf das Götterlichte, das du Bist und sei in Mir der Wohlgefälligkeit der Göttersphären hingegeben.

4.20
Wir kennen uns und nennen uns des Herrn Geliebte hell und wunderbar. Was immer Ich erwäge, ist unfehlbar in Ihm erwogen. Was Ich erstreite, leide und erfahr, gewinnt der Gott, als Zeugnis seiner selbst, allüberall in Mir. Es gilt, dich selber zu begreifen, als der dorngekrönte und zugleich erhabene Gesandte deiner selbst in lichten Sternenräumen. Göttermass und Gotteszierde sind dein trefflich, unerbittlich Los.
Bin Ich dein Angebinde, bist du Meins und alle Meine Argumente wiegen sich mit allen, die da *sind*, getreulich in derselben Schale der Natürlichkeit, die *ist* dem All-Sinn prüfend vorgegeben. Bist du in Mir das einzigartige Agens der weltumspannenden Gerechtigkeit am Sein und Leben, Bin Ich es genauso vehement und innig auch in allen Hekatomben stofflicher Struktur, wie in der makellosen Geistigkeit, die Ich Mir unablässig zur Verfügung halte.
Wer immer sich zum Sein bekennt, hat seine Würde in sich selbst erschlossen und darf sich Gottgelehrter, Weiser der Allherrlichkeit und Seliger Elysiens nennen in der Gefassheit seiner hoch erhabenen Gedanken.
Da ist es gut vom Sein zu reden, das sich nimmermehr verleugnen lässt, selbst in den höchsten Chefetagen, die da *sind* und sind ein wahrhaft delikates Zeichen Meiner selbst im Umbruch, den Ich ständig und geständig vor die Weltenaugen halte.
Machst du dir etwas vor, agierst du nicht in Meinem Sinne, denn aus Mir strömt reiner Wahrheit Seim und unverfälschter Wirklichkeit allgöttliches Gehaben. Ich Bin Mir selber der Geflügelte von Himmels Gnaden, wie der Sakrosankte im unendlich Profitablen und erfahrungstriefenden Allhier. Wort des Herrn Bin Ich, die Würde des Allhöchsten,

ohne jeden Abstrich, in der Güte und Gottseligkeit Elysiens, die Ich entzückt und wohlgemut in Mir erfahre.

Teilhaftig werden am Geschick des Allraums deutet auf die Sammlung hin, die Ich voll Inbrunst und Gelassenheit in Mir betreibe. Wahrlich sag Ich dir: Es ist dem allerletzten Bürgen Meiner selbst ein Freudenfest beschieden von unendlich reinem Duktus des Gestaltens und Erhaltens Meiner Werte im gefügigen Allraumen.

Wessen *Ich* Mich zeihe, ist auch deiner Angelegenheiten Geistrevier.

Seinssensibel sollst du werden, ohne jeden Pomp und mit dem Siegel der Verschwiegenheit versehn, damit das Unheilvolle keine Ritze findet, um dich zu behelligen in deiner Götterruh.

Wohlan, derweil Ich dich mit Köstlichkeiten Meiner Art und Weise überschütte, sollst auch du den Deinen Schüttler, Rüttler und bedeutungsvoller Kenner der Materie sein, die du in Meinem Sinn vertrittst und dich dafür verausgabst immer mehr.

Es etablieren sich die Worte, die du prägst im besten Sinne des Erhaltens und Verwaltens Meiner Dignität in dir, so dass du Meiner sicher wirst und selig im geheimnisvollen Rendezvous, das du mit Mir bestehst.

Wahre, göttliche Natur in dir zu finden und begründen, sei der einzig lohnenswerte Aufwall deines Lebens, der dich Mir aufs Allerzärtlichste vereinigt in der Gottesliebe reichem, reinem und glückseligem Schoss.

5

Einsicht und Gewandtheit

5.1

Rinascimento nennt sie sich, die von wunderbaren Schöpfungen geprägte Periode der Geschichte, die sich die Heutigen noch immer mit Entzücken und Begeisterung besehn. Was würdest du wohl sagen, wenn ganz für dich persönlich eine Neugeburt in dieser Hinsicht möglich wäre? Sie ist's, indem sich dein Bewusstsein von der Welt und von dir selber derart wandelt, dass du dich wie neuerstanden fühlst in deiner Ansicht von des Lebens Sinn und seinen Qualitäten.

Du erschaust in deinen Meditationen eine grandiose Geisteswirklichkeit, die alle Welt befruchtet und belebt und sie in götterherrlicher Allüre weiterbringt in ihrem unerschütterlichen Suchen. Der Menschheit wird Erkenntnis höchster Art von Meinem Throne aus zuteil, zuerst in einzelnen Persönlichkeiten und dann in der Masse der Beschenkten und Beglückten, die sich ob der Gnadenfülle, die sie leichterdings erfahren, nicht zu lassen wissen.

Das gibt nun für dich ein Bild der wahren Grösse der Natur, die dich beseelt und die dich weit, weit über das hinaushebt, was du bisher warst. Wie auf Krücken gingst du jämmerlich einher und hast sie alle weggeworfen, weil sie dir in deinem neugefundenen Elan und deiner, von Mir angefachten Geistesstärke, nicht mehr nützlich waren. Du lässest alles Hergebrachte hinter dir und segelst im Gemüte, wie auf Rosenwölkchen, neuen Horizonten zu, die dir erhabne Freiheit, Wohlfahrt des Gewissens und erlesne Heiterkeit bescheren. Sieh doch: Alles, was dich so begeistert, ist von Mir und kleidet dich in Ebenbürtigkeit und Minnesang am Hof der Göttlichkeit, die dich beseelt. Sie ist dir Ratschlag, Stärke, Trautheit mit dem Ewigen und überragende Geduld an deinem Schicksal, das du selber ändern und zum Besten wenden kannst unter Meiner fulminanten, allverbindenden Regie.

5.2

Seinsbewusstheit schlägt sich nieder im gewinnenden Verweilen vor der Gottheit geisterfülltem Schoss. Ich liebe es, dem Sein der Welten zu gehören und damit auf den Grund zu stossen Meiner Existenz als Menschenwelten-wesen.
Vordergründig ist es keinem anzusehn, wie sehr und selbstverständlich er erkannt hat, dass er *ist* mit allem, was sich in ihm ewig durch die Zeit bewegt. An dir liegt es, dich unverzüglich über deine wahre, wachende Identität in Kenntnis und Bezug zu setzen, als zu Mir dem sakrosankten Herrscher über aller Weltbewegtheit und Allüre. Was gilt es nun zu tun, um solcher Einsicht und Gewandtheit auf die Spur zu kommen? Nichts als Hiersein und gehörig Schweigen vor der unerhörten Botschaft, die Ich dir vermittle durch die Kraft der Intuition. Lass alles Denken über Weltendinge von dir fahren und erlebe dich in der Geborgenheit des reinen Seins, an der die Weltenwesen, wie entzückte Geistergenerationen, ihren wohlgefälligen Anteil haben.
Lass dich von Mir ewig heiter und beschwingt, bedachtsam und glückselig machen in der Zeit der grossen Ernte, die Ich allen Würdigen, Wahrhaftigen, Beschaulichen und Liebevollen väterlich bescher. Sei von Mir gesegnet und gestählt von Zion aus in deinen Wundern, die exakt die Meinen sind von Anbeginn bis zu den Allerfernsten, Gottergebensten und Friedevollsten Versionen. "Aufs Pferd Kameraden, aufs Pferd und in die Freiheit gezogen", ruf Ich euch zu – denn was Prächtigeres kann es geben, als den Bewusst-

seinswandel, der mit dem Sprung in andere Welten und Wirklichkeiten geschieht. Menschengelüste sind göttergesegnetes Wollen und Wirken, neuen Gestaden und Wahrheiten zu. Machst du dir's clean und bequem, kann das Wunder der Wandlung nimmer geschehn. Doch Wirken und Wagen in Meinem Sinn und Tenor lässt das Herz beschwingter schlagen und steigert den Mut zum Aufwall unbedingten Seinsvertrauens und Dich-zuversichtlich-und-gerecht-Gebärdens nach der Weihe, die Ich dir liebvoll ins Gemüt geschrieben.

Wetten, dass du's kannst und leichterdings vollbringst, will *Ich* in deinen glückerfüllten Lebenstagen. Schiele weder links noch rechts im gloriosen Schreiten auf der Bahn der Gottgefälligkeiten und besinne dich, auf was du *Bist*, in Meiner Obhut, Meinem Geistesduktus und Gedankenstrom.

Nur im Bewusstsein, dass *Mein* Wille in dir waltet, bist du wahrhaft menschengross und verdienst, als namentlich genannter Seinsverklärer vor Mir herzugehn. In Meinem kräftevollen In-dir-Walten liegt dein Wohl, wie in dem zarten Spriessen Meiner Hoffnungstriebe, deines Weges Glanz und Glorie, dem Aufbruch zu den Sternen und der Wohlbekömmlichkeit Elysiens entgegen.

5.3
Himmelsglanz der Sterne, was du Mir bedeutest, ist so zeichenschwer. Du bist Mir bereitet, um Mein Sein zu deinem hochzuführen. Alles um Mich ist ein sinnendes Versäuseln gottgesegneter Ideen, die das Ganze in Bewegung und bewundernswertem Einklang halten. So Bin Ich denn ein unerschütterliches Manifest der Höhen, die da leichterdings und jovial, bezaubernd und gebührend hilfsbereit um

Mich versammelt sind, um alle Meine Angelegenheiten zum Erfolg zu führen.

Ein Dompteur und scheinbar grillenhafter Meistertrainer ist das Leben, das seinen Schützlingen geduldig, unverdrossen, seelenvoll und magistral die Sitten anerzieht, die ihrem Fortschritt und erspriesslichen Final am allerbesten dienen.

Indem Ich auf Mich deute, deute Ich zugleich aufs Allgemeine hin, das sich in jeder Daseinszelle gütevoll, goldrichtig und gewandt verwirklicht, einer unermessnen Wohlfahrt, Seinsgerechtigkeit und Heiterkeit entgegen.

Bist du ein Schalk, so Bin Ich dir in jedem Fall behilflich, wo es gilt, das Publikum geschickt und pointiert zu amüsieren. Ein Scherz jedoch darf nicht das Heilige ins Lächerliche ziehn. Er muss das Menschliche betonen und dabei dem Scharfsinn und der Phantasie seines Gestalters ein gebührend Kränzlein winden.

Willst du gehen, geh im Einklang mit den höchsten Geisteskräften still und wohlgesinnt einher, um akkurat von ihnen deinen letzten Schliff und Anstand zu erhalten. Meide das Zuviel so gut, wie das Zuwenig im Erfüllen deiner für dich aufgebrachten Pflichten und versäume nie, dem Schicksal, sei es noch so penetrant und peinlich, deine Dankbarkeit und deinen Willen zur Vollendung zu erzeigen. Denn die gedankenschwere Weisheit, der von Gotteskraft Beseelten, ist der deinen haushoch überlegen.

Nenne dich erst tapfer, wenn du's wirklich in erprobter Form aus Inbrunst und Gelassenheit geworden bist. Denn die Begleiter und Bereiter deiner Lebenskapriolen lassen sich von ihren Pappenheimern nie und nimmer täuschen.

So segle du gleich einem sanften Friedenstäubchen unentwegt hinan, der endlichen Vollendung und Glückseligkeit in Mir und Meinem liebevollen Geisterheer entgegen. Du bist erwählt, berufen und gestählt zu Unerhörtem, das inständig auf dich wartet und dir beibringt, wie man *ist* und seine Zeit in Nützlichkeit, Vertrauen und Manierlichkeit verbringt, um damit alles Sein mit Wohlfahrt, Himmelstraulichkeit, Beseligung und Grazie Elysiens zu versehn.

5.4
Marginale Grössen sind wir nicht im Weltenbrausen. Denn die Geisteszüge der erschaffenden Natürlichkeit sind tief in unser Sein geprägt, als richtungweisende Instanz für sakrosankte Evolutionen. Du bist wohl nicht bei Trost, wird manch Gelehrter zu Mir sagen, wenn du dem Geschlecht der Menschen eine götterlichte Seinswahrhaftigkeit und Weite unterstellst, die jede Dimension verstandesmässigen Kalküls bei weitem übersteigt und überirdische Gelassenheit und Weisheit lässt auf unserem Erdenplan erscheinen.

So sollst du denn von Mir und Meiner Bruderschaft erfahren, wessen Vaters Kind du wirklich Bist und wessen Erbe du schon längst in Gottesminne und Geschmeidigkeit, Glückseligkeit und Daseinswonne angetreten. Du brauchst nur zu erkennen, dass sich Götterqualitäten und Gewinste, gloriose Seinsbezüge und Holdseligkeiten in bezaubernder Manier in dich gegossen haben, damals als du wardst. Sie werden weiter sich in dich ergiessen, währenddem Ich deine Menschenzüge moduliere und zur Seinsvollendung stilisier.

Kannst du wirklich glauben, dass so viel an Wertbeständigkeit, Genie und ausgezeichnetem Mit-sich-Verfahren aus sich selber kommt durch die Äonen? Einmal wirst du mit Ergriffenheit und Scham bekennen müssen: „Ich bin nichts und Du bist alles in mir als das unbeschreiblich Lichte, Loyale, Lebenstüchtige und Liebevolle, dem ich alles, was Ich Bin, verdanke und zu dem Ich Mich erhebe, als der Geistgeborene seit Anbeginn der Zeiten."

5.5
Morgen Kinder wird's was geben. Wenn die Neugier ist geweckt, treten sich die Weltenbürger auf die Zehen, um irgendein Spektakel aus der allernächsten Nähe anzusehn. Willst du Himmelsbürger werden, tritt auf deine eignen Füsse, um das Beste zu erfahren, das dir frommt, nämlich, dass du Bist das Wesen der Unendlichkeit, in einen Menschenleib gegossen und mit alledem aufs Köstlichste begabt, was Mir und Meinem Anhang eigen ist an gloriosen Werten. Du brauchst sie nur heraufzuholen aus den Tiefen deiner selbst, damit sie sich in Meinem Lichte aufs Gediegenste und Wunderbarste präsentieren. Vor deinem innern Auge geht dann eine Schau vonstatten von bewundernswerter Güte und bewusstem Aneinanderreihen von gottseligen Geschenken an der Stätte deiner schauenden Natur.
  Bist du willig, kann Ich wie ein Fürst und fabelhafter Vater in dir walten, kann dir den Part, den du zu singen und vollbringen hast, aufs Lieblichste versüssen, dass dir alles, was du anpackst, wohl gelingt in wonnevollen Zügen.
  Bemeistere dich selbst und Ich will unverzüglich dein erhabner Meister sein in jeder Hinsicht, wie nach deinem sehnlichsten Verlangen; denn Ich selber habe einst geschrieben: Klopfe an und sogleich wird dir aufgetan; komm an Meine Pforte und Ich will dich laben mit des Geistes Fülle, die dir

zusteht, fein und feierlich, verblüffend rein und unvermittelt von Mir ausgegeben.

Winde dich in Tänzen der Glückseligkeit vor der Erkenntnis, dass du Meines Eigenseins Erfasster und Begabter, Tunlicher und Graziöser bist in jeder Hinsicht die Mir einfällt, akkurat und delikat auf dich zu lenken. Erwandere im Sein den Gottespol und erhebe dich freimütig und gekonnt zum Status, den Ich für dich ausersehen habe.

Rädelsführer deiner Eigenheiten sollst du sein solange, wie sie sich in *Meinem* Sinn und Sanktuarium vollziehn. Ich ebne deine Wege, ist gesagt von alters her und Bin dir Schutz und Schirm, wie jede Glucke ihrem Nachwuchs, wie die Palme denen in der rettenden Oase. Du bist Mein und Ich Bin dein, erklärt sich aus dem offensichtlichen Gepräge, das Ich dir verleih in deinen Wundern, wie in der wunderbaren Einheit, deren Sakrosankte und Gesegnete wir sind.

Sei still und sei gestillt von dem, was Ich dir so besage und lass dich endlich als Verklärter deiner selbst beglückt und seelenvoll vor dem Unendlichen erstehn.

5.6
Makellosen Lächelns Bin Ich, als Gesandter Meiner selbst, dein vielerfahrner Führer durch das Lebenstal. Keine noch so unscheinbare Lücke in der Selbstgefälligkeit, die du beständig um dich legst, will Ich geöffnet sehn, ohne sie mit Meinem Weistum zu erfüllen, licht und tatenfroh. Ich generiere in dir, was du schmerzlich und bedauerlich vermissest, ohne regelrecht zu wissen, was dir fehlt. Es ist die Kenntnis von der so subtilen Gegenwart der Geistwelt, die Mir eigen und in welcher Ich als

unbestrittner König die Regie und das blitzblanke Zepter führe.

Da ist es Mir ein Selbstverständliches, aufklärend und gewissenhaft im Menschental herumzugeistern, um Erhebung, Lebensmut und Hoffnung auf Genesung zu bewirken; denn die Illusionen, die der Eigensinn im Menschen produziert, sind als penetrante Krankheit zu betrachten, die Ich Mir zu heilen vorgenommen habe. Damit du's weisst: Ich ruhe nicht, bis jedes Weltenwesen haargenau das Ziel, das ihm bestimmt ist, auch erreicht hat in den Generationen seines Wirkens, Wachsens und Sich-selber-immer-wohlgefälliger-Verstehn. Ich lege auch um dein Befinden eine Perlenkette von erhebenden Impulsen, um dich sanft und saftig in Mein Reich der Wohlfahrt und Wahrhaftigkeit, Glückseligkeit und Grazie Elysiens zu dirigieren.

5.7
Das Gesetz der grossen Zahl ist immer schon Mein Lieblingskind, Kalender und Vereiniger der all so menschlichen Gemüter unter *Meinem* Dach gewesen. Irgendwo und -wann übersteigt das Myriadenfache die Beweglichkeit und Fassungskraft des menschlichen Begreifens. Es hält inne und beginnt sich fasslicheren Dingen zuzuwenden. Eines aber könnte der geneigte Geisteswanderer durchs Labyrinth der Weltnatur sich ins Gemüte schreiben: dass es ein Etwas geben muss, das in der Einheit seiner selbst die Universendinge fein säuberlich zusammenhält; sonst müsste ja das Ganze unweigerlich im allgemeinen Chaos enden.

Und dieses Etwas will Ich als "Ich Bin" bezeichnen, das in der Kunst des Alles-Überschauens Meister ist und sich mit legendärer Virtuosität ein Bild verschafft von sämtlichen Bedingungen des Seins und Lebens, die da *sind* in unzähligen, pikanten und entzückenden Affären. Demnach bleibt dem einzelnen Gemüt nichts Besseres zu tun, als sich beständig und inständig auf das wunderbar gediegene *Ich Bin* zu konzentrieren, das sich im Allüberall befindet und gewiss und völlig unbeschadet auch in dir.

Was auch immer deiner Unlust, deinem Unvermögen, und Zerflattern zuzuschreiben ist, wird vom Ich Bin in dir aufs Allergütigste und Allerbeste aufgehoben, so dass du frei und selig atmen kannst inmitten noch so rätselhafter Episoden.

Ich Bin und Bin damit das Kleinste wie das Allbedeutendste, darfst du vertrauensvoll und ohne jeden Pathos zu dir sagen und darfst damit zum sichern Pol gelangen der Glückseligkeit, Erhabenheit und Unbescholtenheit, verbreitet fern und nah, behutsam, innig und verspielt in liebevoll begeisterndem Behagen.

5.8
Mein Herz, das Herz der Welt im Sonnenstrahlen. Meiner Zuflucht Bin Ich selbst genug, um volle Satisfaktion, Glückseligkeit des Seins und Herzenswonne zu erfahren. Sein ist alles, Schein ist nichts und alles irdische Behaupten muss sich letztlich als ein Sinnentrug erweisen, dem nur allzuviele noch zum selbstgefälligen Opfer fallen.

Was ist weiser, frag Ich dich: Den Machtraum menschlicher Vernünftelei und Besserwisserei betreten oder dich an Meines Universenseins Gesetze und Gediegenheiten halten in der ewigen Heiterkeit, die dir das reine Sein beschert? Hast du dies Köstliche nur einmal, inniglich und blütenprächtig an dir selbst erfahren, bist du als ein Seinsverklärer würdig, einer Gottheit Namen, Bildsamkeit und Ebenbürtigkeit in Meinem Sinne vor dir her zu tragen.

Keine Frage der Vernunft wird hier erhoben, sondern eine Antwort wonnevoller Seinserkenntnis ist gegeben. Wahr und wirklich ist sie in dem Einen, das Ich Bin und das du Bist im Geisterreich, das Ich mit Vehemenz und Überzeugung, Liebenswürdigkeit und Souveränität vertrete.

Im Lichte des Allherrlichen darf froh und sicher wohnen, wer sich Mir vereint. Wie auf Seraphsflügeln trägt Mich alles Wirkliche galant hinan im Geistessinne, den Ich Mir lang und breit und sieggewiss erschlossen habe. Ungezählt und eines grandiosen Atems fähig sind die Tage, deren Inhalt und Bewandtnis, Regelmässigkeit und gloriose Dichte Ich gekonnt und würdig in Mir trage. Alle Meine Züge sind stabil und zugleich wunderbar beweglich, um sich den Gegebenheiten und Gelegenheiten anzupassen, die sich in Universenfülle um Mich scharen.

Trau, schau wem, doch traust du Mir, so bist du in ein Lebensfeld gerettet von bewundernswerter Sanftmut, Süsse, Liebenswürdigkeit und Kontinuität, das dir bekömmlich ist in ewigem Dich-Umschmeicheln und Bezirzen in unendlicher Gewogenheit, wie göttlicher Gewähr. Hier wirst du niemals *mehr* verlangen, als du hast, weil du gestillt und glücklich bist, als mit dem Allerbesten das es gibt, von Mir beschert, im Bannkreis seelenvoller Sphären.

5.9
Meisterlich gebunden und geschunden und zum Sieg erwählt, bist du, o Mensch, in deinen Flittern und Gewittern, Sehnsuchtsperspektiven und Idyl-

len. Ich begrüsse dich schon jetzt zu der Erkenntnis, dass du eine Lebenslehre absolvierst, die dich zum Besseren, Fundierteren und Abgeklärten führt in deiner Schau, auf was du *Bist* und was die Zeichnungen von Erd und Himmel dir bedeuten.

Es ist dein weltlich Los, die Dinge deines Hierseins bloss mit Sinnenkraft und säkularen Überlegungen zu rezipieren. Doch die allein sind nicht geeignet und befugt die Sehnsucht deines Herzens nach unendlicher Geborgenheit und Makellosigkeit zu stillen, weil sie vergänglich und veränderlich, korrumpierbar und latent sind in den Neigungen, die sie beständig mit sich tragen.

Da geschieht's, dass eine Hoffnung aufglimmt, als von Mir genährt und ausgegeben, auf ein kräftevolles Paradies von götterlichten Gaben, die für jeden, der sie fassen kann, ein ewiges, glückseliges Bedeuten haben. Sie verleihen jedem, der da will, die Kraft, das Pervertierte in ihm gründlich und gewissenhaft zu heilen und in seinem innersten Bereich die Liaison zum Götterantlitz wieder herzustellen, die für lange Zeit verloren schien.

An dir ist es, mit Meiner Hilfe und Regie das Mass zu finden, das dich Mir vermählt und dem kein Lüftchen oder Sturm gewachsen ist im Aneinanderfügen gottbeseelter Taten. Schliesslich *Bist* du, was du aus dir selbst bereitet und gerungen hast und hast den Duktus Meiner Liebenswürdigkeit und Weisheit übernommen im gefügigen Erfüllen der Gesetze, die voll Güte Meinem Sein entströmen. Was du immer *Bist,* bist du in Mir und Meiner Inbrunst des Vergütens aller Machenschaften, Schöpfungen und genialen Raritäten weltweit, seinswahrhaftig und gediegen.

Aus dem Sein entsprang, was *ist* und wird auch wieder zu ihm finden. In Gelassenheit und Liebe endet, was in Unbekümmertheit und Einfalt hoffnungsvoll begann. Du Bist und wirst im Sein das Siegel wahrer Gotteswürde an dir tragen; du badest dich in Mir und wirst den Geistruf nicht verhallen lassen, der dich an Mein Innesein in dir erinnert und schlussends dein Glück besiegelt im unendlich lichterfüllten Gottesmeer.

5.10
Grenadier der Wachsamkeit und Wohlfahrt für die Deinen sollst du werden, die da sind: Die Werte, die du dir des Langen und des Breiten lebelang errungen, die Achtung, die man dir, als was du Bist, entgegenbringt, wie auch dein Wissen um das geistige Potenzial, das um dich ausgebreitet liegt, damit du es ergreifst und es zur schönsten Blüte bringst in deinem aktuellen Erdenleben.

Zu rasch nur schwimmen dir die schönsten Felle leichterdings davon, wenn du sie nicht mit Sperberaugen hütest und im rechten Augenblick behend ans Land ziehst, um sie zu deiner Wohlfahrt zu gebrauchen.

Wenn es stimmt, dass Ich dich tag- und nächtig durch den satten oder kargen Lebenslauf begleite, kannst du Mich doch jederzeit inständig darum bitten, dies und jenes für dein Wohlergehen und Geschick zu tun, das ohne Mich und Meinen genialen Einfluss rasch verkümmern muss und im Bedauern endet, statt in köstlichem Behagen.

Du bist in Meinen Dienst gestellt, ob du es schätzest oder nimmer akzeptieren willst in deinem eigensinnigen Gehaben. Erst wenn du einsiehst, was für wunderbar beflügelnde Zusammenhänge zwischen dir und Mir bestehn, wirst du den Fährten, die Ich vor dich lege, wie der kluge, rasche Falke, folgen und daraus den allergrössten Nutzen ziehn.

5.11

Du denkst in allen Sprachen, wenn du Mich erhörst und Meiner Heiligkeit Befund zu deinem machst im seinsglückseligen Vereinen. Ein starker Trost ist hier, wie aus dem Nichts, geboren und hält dich auf der Bahn der hunderttausend Wohlbekömmlichkeiten durch den ewigen Freudentag, in den du lächelnd eingetreten.

Es schwellen alle Wasser der Holdseligkeit in Mir und laden dich zum exquisiten Bade. Hast du Meinen Herzensruf vernommen und dem Hauch der Güte, der beständig Meinem Sinn entströmt, gebührend nachgegeben? Ich will Mein Bestes an die Stelle, wo du Bist, versetzen und dich fähig machen, Wunderdinge zu vollbringen, die von Meiner Weisheit, Seinsgelassenheit und Vaterwürde triefen.

Kein Stein wird auf dem andern stehenbleiben, die du zum eigensinnigen Tempelchen um dich erbaut, sowie du Mich erkannt hast, als umhüllt von freudestrahlenden Fanfarenklängen und von einer Lichtheit, die Begeisterung und Frieden schafft in den Geliebten Meiner Wahl. O komm an Meine grüne Seite, raune Ich dir zu und erlabe dich zutiefst an jeder Geste der Barmherzigkeit, die Ich dir leichterdings zugutehalte. Denn aus Liebe strömt Erbarmen und aus Wohlgesinntheit Zärtlichkeit von überirdischem Empfinden.

Im Sein allein ist vorgesorgt für dein erspriesslich und bewundernswertes Wohl. Es lichten sich die Tage und geleiten dich zum Fest der Heimkunft in Mein Sanktuarium, von dem geschrieben steht, dass in ihm jede Träne sanft verrieselt und die Zartheit des In-Mir-sich-Findens eine Welle reinen Glücks gebiert. Du *Bist* und wirst es ewig bleiben, so wie Ich deines Wesens Anhang, Aufgang, Grazie und heiliger Gefährte bin im Raum und Traum

Elysiens, den alle Wesen wonnevoll und wirklich, gottesgeistdurchflutet, seelenvoll und selig in sich tragen.

5.12
Was aus Meiner Hand hervorgeht hat es in sich, Frieden, Freimut, Solidarität und Sicherheit des Ewigen zu stiften über alle Lebenswelten hin. Das ist, weil Ich bewusst und generös ins Mark der Dinge greife und nicht ruhe, bis ein jedes seine letzte Reife, Rigorosität, Beständigkeit und Götterseligkeit erreicht hat. Heilend, hilfreich und bewusst erhalte Ich, was Mir entsprossen ist, im Guten und sende allem noch so Unbeholfenen Mein gnädiges Tablett voll Weisheit, Aufgeschlossenheit und Anmut zu.
  Lichter Träger deiner eigenen Affären sollst du werden und selbstbewusst auf deinem Wohl und Wert bestehn. Kein Härchen sollen dir die noch so klirren Lebenswinde krümmen, derweil du im Bewusstsein deiner Wohlgeborgenheit in Mir durch Niederungen schreitest hin zu wohlbekannten, gern genannten Höhn. Hier hebt einer sich hinüber in das Reich der seinslebendigen Affären und Gestaltungen in Meinem Sinn und Geist, Mir gehörig und fidel und in die Hochgestimmtheit der Verklärten Gottes eingezogen.

5.13
Souverän, ursprünglich, gnadenvoll und heilsam dominiere Ich die Hemisphäre Meiner geistgesegneten Ideen und beschenke alles, was da von Mir *ist*, mit Wohlfahrt, Himmelsglanz und göttlichem Gedeihen. Es weht ein Hauch unendlichen Entzückens über allem, was Ich Bin, derweil Ich

schon zum Voraus weiss, dass alle Meine Pläne im Verwirklichen und Modellieren aufs Entschiedenste gelingen müssen.

Abgefallenes kann nicht in *Meinem* Sinne existieren, doch wird ihm eine Geste unerschöpflicher Barmherzigkeit zuteil, die es ermuntert, niemals aufzugeben und gerade noch am Schluss des langen Geisterzuges mitzuwirken am allgöttlichen Geschehn.

Genuin und immer neue Situationen impulsierend geh Ich vor und lasse Mich von keinem noch so heiklen und prekären Sachverhalt zur Resignation verführen. Ich setze unbeschränkte Kräfte ein, um schlussendlich mit Gewinn und Grazie zu erreichen, was Ich will und wär es noch so taubentänzerisch verstiegen.

Brummer mag Ich nicht in Meinem hochgezüchteten Sensorium von eignen Gnaden, denn sie verderben Mir die Schwingung exquisiten Reüssierens, die Ich wohlbedacht und siegessicher, gläubig und gekonnt allüberall um Mich verbreite. Das alles macht Gelingen morgenschön und reimt sich auf den Seidenglanz der gütestrahlenden Parole: Ich Bin Mir jederzeit ein Ass im meisterlichen Komponieren und Kreieren wundervoller Wirklichkeiten, die Gefallen und Begeisterung bewirken in der Tat. Gottseliges Bewusstsein und elysisches Entzücken an Mir selbst bestimmen Meines Daseins Glanz und Gloriole universenweit, denen Ich aufs Innigste vertrauen kann in Meiner seinsbeglückenden Regie.

5.14
Mondän kann ja gewiss auch fabelhaft, bedeutend und bezaubernd sein im weltgewandten Sinne. Doch richtig süss und seriös und seeleninnig kann nur Ich in aller Ewigkeit vom Stapel gehn. Wirklich

majestätisch, königlich und cool kann nur Meines Hauses Offenbarung sein im Allerwirklichsten, was *ist* und was noch jeden noch so noblen Taufschein haushoch überrundet in der spiegelblanken Definition: Schein ist Schein und Sein ist Sein und wird es ewig, unverrücklich bleiben.

Wahrhaft malerisch, kapriziös, richtungweisend und sensibel kann nur Meine Art und Weise sein zu existieren. Und die ist geistiger Natur von A bis Z und rundherum und so umfassend, dass kein Härchen ihr entschlüpft im universenweiten Über-alles-frank-und-frei-Verfügen.

Dein Problem ist nur, dass du dich stets am falschen Orte gross und wiederum am Falschen als gering betrachtest. Was da heisst, dass du mit Geld und Gütern, Intellekt und würdigem Bebändern auftrumpfst, als ein Krösus der Gerechtigkeit am Sein und Leben, und dabei ist alles dieses ein bedeutungsloses Nichts mit dem verglichen, was Ich wahrhaft intus habe. Nur schon das Unsterbliche an sich sagt alles über wahre Qualität, Potenz und Unerschöpflichkeit im Über-Mich-Verfügen. Aufklärend, väterlich, gewinnend und markant tret Ich gerade dir in deinen Rätseln gegenüber und erkläre dich als unvergorenes Gebräu, das von Mir zur Reife und Vollendung stilisiert wird in der Wohlgewogenheit, die Ich auf dich und deinen Hof verwende.

Erkennen sollst du das gewisse Etwas, das dich Mir verbindet und die Perspektiven deines Daseins richtig stellt im Sinne Meiner überweltlichen Bravour. Darauf wird grandios in dir, was vordem klein war und die Weltenpracht wird kleinlich vor dem Licht der Wahrheit, das dich dann beseelt, beglückt und gottesebenbildlich macht im Wunder des Genesens.

5.15
Lethargie ist fehl am Platz, wo *Ich* die Tat befehle, denn Meinem Willen folgt der Schwall der Riesenkräfte des Vollbringens auf dem Fuss. Ohne meisterliches Dirigieren läuft kein Schiff vom Stapel, ohne Kunde seiner Bahn entlass Ich keinen Stern aus Meiner geistesgründlichen Manufaktur. Denn alles, was Ich in des Universums Tiefen seinem Orbit übergebe, muss jederzeit genau und gründlich überwacht und auf vorbestimmter Bahn von Mir geleitet und behütet werden. Was du, o Mensch, im Kleinformat vollbringst, beginne und vollende Ich in grandioser Selbstverständlichkeit in kosmischen Dimensionen, die Meine geistige Potenz und Schicklichkeit aufs allerbeste offenbaren.

Aufs Innigste beseelt, befruchtet und von Mir belebt, ist alles, was die Astronomen, als durchs Weltenall bewegt, erkennen, ohne noch zu wissen, was es so präzise dirigiert, geschweige denn mit Geisteswesen überzieht von Gottes immanenten Gnaden.

Meines Seins Präsenz im Universenreich reicht unvermeidlich auch zu dir ins Sonnenplanetarium, dem Mein besonderes Verhältnis, Augenmerk und Disponieren gilt voll Güte, Allgerechtigkeit und seinsharmonischem Geflüster, durch Äonen.

So bewegt, empfindet und beglaubigt alles sich durch Mich im grandiosen Götterspiel und fasst sich unter Meiner gütestrahlenden Ägide zu einer Einheit überragenden Gebluts zusammen, unvergleichlich licht und leicht und morgenschön.

5.16
War da nicht ein Wort, ein Satz, ein götterlichtes Überschweben Meiner Psyche, das Mich hellwach machte und empfänglich für den Einfluss, den Ich

selber Mir vergab? *Ich* wollte das und wollte zugleich, was zu scheu ist, um persönlich und gewandt aus sich herauszutreten. Da schickt *Es* etwas wie ein Mahnmal seiner selbst, aus dessen Mund die Worte perlen: Erkennst du, dass Ich Bin und Bin in dir das Pendant zu dem, was Ich im Überweltlichen bedeute. Schau dich bitte selber innig an und konstatiere, dass du haargenau dasselbe bist, was alle sind: ein geistgefüttertes und fabelhaft gedeihliches, allweites Phänomen, das sich schlussendlich als das Sein erweist in wunderbar gesättigter Manier.

Scheint dir das plausibel, kannst du dich glückselig nennen in der Masse derer, die noch zaudern vor der Einsicht in das Wunderbare, das sie *sind* und das sie unverletzlich, ewig und bedeutsam macht vor Meinen seelenvollen Augen.

5.17
Gebefreudig und genügsam Bin Ich Mir seit jeher schon in hohem Mass gewesen. Das bewirkt ein wohlbegründetes und loyales, weisheitsvolles und strategisches Zusammenwirken mit den Weltenwesen, die Ich zu Gefährten Mir erschuf. Hast du je erfahren, wie viel Sorgfalt Ich geradewegs in deine Unterweisung investiere? Das ist so viel, weil deine Hände Meine sind und Ich ein Recht auf sie und ihre fulminanten oder trägen Träger habe.

Zu welcher Sorte willst wohl du gehören? Meisterst du, was Ich dir zu vollbringen auferlegt und eingeschärft, ausgehändigt und beschrieben habe? Mancher Merkpunkt der geraden Linie, die es einzuhalten gäbe, ist der Menschheit in der Evolutionenhast entschwunden und doch sind sie alle da in richtungweisender Beständigkeit und leise mahnender Gewissenhaftigkeit. Fassest du Vertrauen zu den feingefügten Zeichen Meiner Huld dir gegenüber und bewegst du dich gemäss der Weisung Meines Inneseins in dir, gebierst du ständig Gottgesegnetes, so viel es dir auch Mühe macht, es würdig und gediegen zu vollbringen.

Dann aber steigen Frieden, Freude, Festlichkeit und Herzenswonne in dir hoch, die dich für deine Lebensmüh und Makellosigkeit aufs Trefflichste belohnen. Hell und heilig sind die immer strahlenderen und erhabenen Bewusstseinsräume, in die Ich dich voll Zartheit, Liebenswürdigkeit und Grazie des Himmels führe. Mählich wachst du auf in Mir, im selben Mass, wie Ich in dir erwache und das Fazit ist, dass alle beide eins und einig werden in des Seins allherrlich aufgerichtetem und seligmachendem Gefüge.

5.18
Kommunion mit Dem, der *Ist*, muss dir ein stetes Soll und eine Herzenssehnsucht sein, womit dein Wesen sich geführt und angenommen weiss von höheren Regionen. Da ist von Mir die Rede, der Ich Bin und der sich dir in sanften, seelenvollen Zügen offenbart. Im täglich hingegebnen Meditieren gleitest du bewusst und heiter in den Zustand der Gedankenlosigkeit, der es Mir erlaubt, in deinem Wesen Mich, als reines Sein, beglückt und selig zu erfühlen. Dann Bist du, was Ich Bin und nährst dein Wissen unvermittelt an der Quelle aller Dinge, die da *sind* und mit dir Geisteshandel treiben.

Nimm's für gut, gerecht und aufmerksam, wenn Ich dein Können erst in dem Moment gebührend anerkenne wo du's, wissend als das Meine, wachen Blicks, gewahrst im Unergründlichen. Wo du immer aufmerkst, merke *Ich* was los ist in den Rängen der

Gesellschaft, der du dienend oder fordernd, Fürbitt heischend oder überlegen angehörst.

In eins mit Mir verschlungen sind die Werte und Errungenschaften deines Daseins zweifellos, womit die Prophezeiung wahr wird, dass dem Schauenden der Geisteshimmel offen ist und ihn begeistert und beglückt in vollen, runden Zügen.

Das Unaussprechliche spricht sich mit segnender Gebärde in dir aus, sowie du ihm mit reinem Herzen in der Stille des vollendeten Dir-selbst-Gehorchens gegenüberstehst. So anerkennst du seines Daseins Hymnus seligen Gewissens und Gewahrens als das Bedeutendste und wunderbar Beglückenste, was dir geschehen kann im gütestrahlenden Allhier.

5.19
Gotteswohlfahrt, Glanz des Himmels, Seinsglückseligkeit und Minne der Erlösten sind Mir inne in der hehren Schau, auf was Ich Bin, als Wesen wunderbarer Einigkeit und Harmonie im universenweiten Geistesleben. Essenz im Unergründlichen geht allem meisterlich voran, was Ich Mir sinngemäss bedeute. Damit bricht die Stunde Meines hocherhabnen Freiseins an von jedwelchen eingebildeten und abergründigen Nöten. Nichts von alledem ist im Bewusstsein Meiner götterlichten Gegenwart vorhanden, so wie Ich's Mir froh und feierlich bezeuge.

In sich selber wach zu sein, ist eine Tugend des allgöttlichen Befindens, die auch allen Trägern Seiner Gunst und Güte, Siebenseligkeit und Grazie wohl ansteht in der Makellosigkeit der Geistessphären. Was Ich dir verbürge, sind der Glanz, die Seinsgerechtigkeit und die elysische Erhabenheit, in denen Ich allräumlich, unbescholten und melodisch steh. Überragend, sinnvoll und gediegen, sakrosankt und beispielhaft ist alles, was Ich unternehme, um Mich selbst zu fördern und dem schon Errungenen noch viele neue Werte beizufügen, die verblüffen und allseits Gefühle des Verehrens evozieren.

Das ist nun der Status Meiner selbst, den Ich jedem, der da sehen will, gehörig und erfolgreich offenbare. Halte dich an Mich, will Ich dir sagen, wenn du wahrhaft reüssieren willst und sei nicht prüde in der rabiaten Auswahl aller Mittel, die dich unfehlbar zu diesem wunderbar gesegneten und überwältigenden Ziele führen.

5.20
Hast du gesehn, wie viele Lügenmärchen frei im Umlauf sind, um Simpel einzufangen, die ihnen auf den Leim und in die Netze gehn. Da sind Wahrhaftigkeit und Unbestechlichkeit die Werte, die bei Mir in höchsten Ehren stehn und von der Gottesweisheit zeugen, deren Ich Mich voller Einsicht und Natürlichkeit bediene. Sie halten eine Welt auf heilem Trab, an der Ich Mich erbauen und erlaben kann in wonnevollen Zügen. So geht Mir alles leichterdings und willig von der Hand, was Ich in treuer Sorge um die Meinen intendiere. Scharmützel und Gefechte sind beileibe nicht vonnöten, wo Ich Meine sakrosankten Meisterkreise zieh. Ich werfe auf und nimmer nur ein Jota fällt hernieder von der Pracht und Wohlgefälligkeit, die Ich bestellt und ausgefeilt und sanften Blickes abgeliefert habe.

Nun rate, wer so ist wie Ich in kompetenten Rängen und unendlich graziös gesetzten Übergängen von der einen zu der andern Version des Präsentierens seiner selbst im Weltgefüge? Es ist des Seins Salut und überweltliches Geschiebe, das sich noch in jeder Falte purer Seinslebendigkeit verbirgt und für Furore sorgt, wahrhaftigen Gewinst und Edelmütigkeit in weltlichen, wie himmlischen Belangen.

Worauf Ich aus Bin ist, dich freien Sinns vom All-Gewicht, das in dir west, zu überzeugen und dir Mut zu machen, es ungeniert und pausenlos für das Gelingen deiner Pläne einzusetzen, dass dir alles wohl gelinge, was du anpackst und das Glück aus deinen Augen leuchtet ob der Wohlgefälligkeit Elysiens, die dir, von Mir, geschah.

6

Die geistige Potenz, die Ich Mir Bin

6.1

Moderator Meiner eigenen Geschichte trete Ich bewusst und königlich in die Arena der Unendlichkeiten und befördere die klärenden Gespräche zwischen Mir und Mir in den Vertretern Meiner Angelegenheiten, universenweit gesehn. Breit gestreut sind die verhandelten Befunde, hitzig das Gespräch und dennoch fasse Ich die sprudelnden Gedanken souverän in eins zusammen, das da heisst: Das Volk soll wissen, welche Varianten ihnen das Projekt gewährt. Es soll sich für die eine oder andere aus Sachverstand und Weitsicht, Seriosität und Sinn fürs Praktische entscheiden können. All so entscheide Ich in den besonnenen Gemütern wie aus einem Guss und bringe so das Leben in Lebendigkeit und Tatenfülle unentwegt voran.

Ich erachte alles, was Ich Bin in Meinen Bürgen, als ein unermesslich weitgestreutes Spiel der Gegensätze und Verbrüderungen, der Wahrhaftigkeiten und Gerüchte, wie der weltumspannenden Gedankenkräfte, die sich gegenseitig im vollendeten und wachen Equilibrium erhalten. Wähnst du dich bedeutend, so bedeut Ich dir mit Nonchalance und Herzensgüte, was es alles braucht für einen Gott, um seiner Myriaden Pferde Sturm und Drang im Zügel zu behalten, für das Wohl des Ganzen, das er dirigiert. Ganz klein wirst du darob und bist doch eingespannt in Meiner Grösse Virtuosität und Glamour in der Weltenschau, die Ich bewusst und heiter vor Mir selbst in Szene setze. Das Bewusstsein von dem, was Ich in dir Bin, macht dich wunderbarerweise wohlgefällig und bedeutend und verleiht dir ein Gespür für Würde und Gelassenheit, Erhabenheit und Seinsglückseligkeit in dem, was du dir *Bist* und was Ich väterlich und selbstbewusst, getreu und friedevoll für dich bedeute.

6.2
Christus weidet seine Lämmer, die so sehr die Meinen sind. Gar viele haben sich zerstreut aus seiner Herde, dass er sie suchen muss; doch müssen sie sich finden lassen mit der Herzensbitte: "Komm in meine Näh, entdecke mich in meiner Not und führe mich zum Weg und Steg, den du vor Zeiten selber bist gegangen." Bist du so, will Ich dich fragen? Reicht deine Einsicht bis zu Mir in deinem Langen und vermählt sich mit der geistigen Potenz, die Ich Mir Bin, um von ihr radikale Hilfe zu erlangen?

Jede Botschaft kommt von Mir, doch eine ist besonders attraktiv und zuverlässig: Dass Ich Bin und dass du Bist das Sein in unvergleichlicher Grandezza, Schöpferkraft, Stabilität, Gedankenfülle, Selbstbewusstheit, Heiterkeit und Harmonie. Was willst du mehr, als solcher Selbsterkenntnis Würde und Wahrhaftigkeit im seelenvollen Equilibrium mit dem, was sich als Schöpfung aus sich selber präsentiert. Aus solcher Schau erwächst dir zeitenlose Wonne und vollendete Glückseligkeit, vollkommne Unbeschwertheit und Gelassenheit im Namen des All-Einen, das du darstellst und vertrittst in unnachahmlich grandiosen und bedeutungsvollen Zügen.

6.3
Könntest du nur einmal sehen, wie feudal und völlig unbeschwert Ich Mich im Sein erlebe, wär' dein herzinniges Bestreben angefacht zur vollen Blüte, es Mir gleich zu tun. Du würdest alles daran setzen, dieselbe Sicherheit und Grazie des Dich-Erlebens zu erlangen, wie sie Mir verliehen ist in unvergleichlicher Manier.

Nun denn, es steht dir frei, an deinem Schicksal zu erwachen und damit hinüber in Mein Reich zu gehn der Friedefertigkeit und Harmonie, des schöpferischen Flairs, der wahren Herzensgüte und der hunderttausend Gottesgnaden.

Wie konntest du so lange zögern, eine radikale Wende, Wendigkeit und Virtuosität im Lebensstil herbeizuführen, die so viel Bekömmlichkeiten, Zuversicht und reizende Gewinste mit sich bringt wie die, die Mir in Fülle und Erbaulichkeit beschieden?

Ich spreche dich bewusst im Zustand deiner grössten Sehnsucht an, aus dem sattsam in dich eingefahrenen System der Zwänge, des prekären Trübsinns und der laufenden Kalamitäten auszubrechen und die ruhige Gestilltheit zu erleben, die den Göttlichen und Seinsverklärten eigen ist in reich geschmückten Massen. Nichts als ein radikaler Wandel zum bewussten Sein ist hier vonnöten, der deine Wenigkeit ins Reich des Sternbedeutens und der Universenwirklichkeit versetzt, die alles in sich birgt, was traut und unbeschwert, verlässlich und gediegen ist in deinem Deine-wahre-Welt-Umrunden.

Anschluss an das Sein bedeutet, Mich im Wahrspruch und Visier zu halten und dem Kern des Lebens auf den Grund zu gehn. Meine Mitte ist zugleich der Umkreis um die sämtlichen, im Universenraum versammelten Gewinste, Werte und Verbindlichkeiten, die da *sind* und die Mein Sein aufs Allerwürdigste bezeugen.

Bist du einer von den Meinen, fällt dir aller Leichte Lust und Zierde, Wonne und Glückseligkeit wie selbstverständlich in den Schoss und du bist weise wissend, gütig und gerecht als einer, der das Ewige geschaut hat und sich untersteht, in ihm zu weilen und die Zärtlichkeit des Seins auf immer zu geniessen, lichtbegnadet, majestätisch, seelenvoll und wunderbar.

6.4

Kamerad und Kompagnon, Hitziger und Witziger sollst du Mir werden, gezielt und hoffnungsfroh in gottseliger Manier. Es geht darum, dass Ich vor dir die Karten offenlege und dich in Kenntnis setze von der weisen Anteilnahme, die Ich an deinem Schicksal redlich und gewissenhaft erfülle.

Merke dir, dass Ich die Meinen niemals schnöde und erbarmungslos im Stiche lasse, denn sie sind ein unveräusserlicher Teil von Mir und Meinen götterlichten Ambitionen. Denn was allüberall und ganz besonders auf dem Erdenrund geschieht, ist letztlich Meine Sache und Mein überirdisches Gewähren.

Geh Ich recht, wenn Ich Mein gütestrahlendes Empfinden auch zu deiner grünen Seite wende, um dir hilfreich, seelenvoll, feinfühlig und behutsam beizustehn in den so rätselhaften Wundern deines Lebens? Alle, alle sind von Mir und sollen dich und wollen dich gewissenhaft zum Ganzen fügen, das Ich Bin und das in deinem Anstand liegt, es schicklich und erquicklich zu erreichen.

Neugeburt auf höherer Warte sollst du jedesmal erleben, wenn eine radikale Einsicht dich zutiefst bewegt und deine Situation beleuchtet, als inmitten Meines Geistgebiets von allumfassender Brisanz und immanenter Güte, tonangebend, liebevoll und wahr.

6.5

Nichts ist verbaut, nichts ist zerronnen, wo *Ich* Meiner Zelte Baptisterium und Friedensreich errichtet habe. Gewaltiges muss deinem Herzblut und Gewissen noch geschehn, bis du begreifst, in welch erhabenen Dimensionen sich dein Gegenwärtigsein vollzieht, derweil *Ich* es mit Meiner Geistigkeit und Gottgewandtheit, Würde, Weisheit und Gelassenheit begabe. Es ist ein Spiel von Anmut, Tapferkeit und Himmelsglorie, das Ich seit eh und je mit dir betreibe ohne Wenn und Aber Meinerseits, weil Meine Züchtung, Zelebration, Bewusstheit und Wahrhaftigkeit kein Jota eines Makels zulässt in der Schau auf ungezählte, geniale Generationen.

Was anfangs mickerig und mager war, wird unter Meiner Sonne wohlgestalt und weltgewandt, rechtschaffen und vom Publikum verehrt, weil es den Glanz des Himmels und die Glorie der Gottgefälligkeit verstrahlt.

Sowie du Meines Seins Position, Substanz und Zartheit im Allüberall begriffen hast, fährt dir das Begreifen deiner selbst in die erschrocknen Glieder, weil gerade Ich es Bin, der sie besetzt, befehligt und behütet in der grandiosen Gastlichkeit, die Ich im Weltenreich betreibe.

Sinnst du vor dich hin, so liegt dir *Meines* Sinnens Sinn und Sinngedicht zu Füssen. Denn es gibt nur Mich, das Sein, um das sich alles dreht und wendet, jagt und stilisiert im Endlichen wie ewigkeitsgesättigten Getriebe. Mach es dir leicht, indem du Meiner Schwere dich bedienst, um Fabelhaftigkeit, gottselige Manieren und Bewusstheit deiner selbst in Fülle zu erreichen.

Zu beneiden sollst du sein, indem du dich schlau, wie ein Füchschen, Meiner Un-Bescheidenheit bedienst, um gross herauszukommen auf der wohlbestallten Liste der Gewinner, Solitäre und Trabanten, die von Meiner Gunst beschienen sind.

Somit kann es nicht an Mir und Meinem Anhang fehlen, wenn gewisse Dinge sich im Weltsein überschlagen und damit der Sicht, auf was sie *sind*, entbehren müssen. Merk dir das und schlag dich zu den Weisen, denen keine Müh zu viel ist, um Gewissheit von der Seinskultur, die Ich betreibe, zu erlangen. Denn das ist ihre Rettung ins Manierliche und Gottgefällige und damit ins erhabne Wonnesein der Geistessphären, deren Träger und Vollender Ich, mit ihnen, Bin und dabei ewig siegreich und gelassen bleibe.

6.6
Merkst du denn nicht, Mein liebenswerter Gratulant zu hehren Sternentaten, dass Ich dich im Einzelnen und Wohlbekannten mit der Grazie des Himmels überschütte und dir damit den Beweis erbringe für Mein Engagement dir zu. Keine Frage, ob, was Ich dir antu', angemessen ist in der Verbreitung Meiner Wohlgesinntheit und Verbindlichkeit im menschenvölkischen Betrieb.

Es geht ja um Mich selber, wenn du's recht bedenkst, weil Ich in dir, mit innigstem Bezug, agiere. Keine deiner Gesten und Verrichtungen geschieht, ohne dass die Meinen wesenhaft und zart, gewissenhaft und wirkungsvoll dabei sind. Mach es dir zur überragenden Gewohnheit, diesen Sinnspruch wohl im Auge zu behalten, denn er spendet deinem Leben erst die richtungsweisende Allüre, die ihm Glanz und Weitblick, wunderbar besonnene Gelöstheit, Unabhängigkeit vom Weltgetriebe und Holdseligkeit verleiht.

6.7
Nur Ich, im Allerheiligsten der Menschenbrust, mag sagen, wie es um sie wirklich steht. Denn dazu braucht es Kenntnis ihres Seins seit Urzeit, als von Meinem göttlichen Begaben in den Weiten der Allwirklichkeit, die Ich begeistert vor Mir strahlen seh. Alles, was dir nützt, ist von Mir zu dir hingetragen. Was dich schützt, erklärt sich aus dem, was Ich liebvoll und verbindlich für dich tu. Bist du gereizt, ein stürmisch Seelenabenteuer, ist es Mir, wie nichts, daran gelegen, dich zu sänftigen und dir den Siegespreis zu überreichen für dein wunderbar geschniegeltes Benehmen.

Lang hat es gedauert, bis dein hin- und hergerissenes Gewissen selbstbewusst und ruhig, sittsam, selig und charmant geworden ist im Drang zum Freisein von jedwelchen Nöten. Wundern soll es dich, aus welchem Grund du nicht schon längst begeistert unter Meiner Flagge segeln konntest. Das ist, weil dein Ego sich als etwas Bess'res wähnte, als es wirklich war und damit Meinen Einfluss sabotierte in der langen Reihe der Verbindlichkeiten, die Ich jedem Menschenkind gewähr.

Hast du in deines Lebens Längelei und Drängelei begriffen, um was es wirklich geht, kann Ich dir auch zur letzten Einsicht und Gewähr verhelfen, die da heisst: Ich Bin in dir Mein eignes Präjudiz und Vorbild, völlig unerschrocken, richtungweisend, geistesgläubig und dem Himmel loyal. Kenn Ich Mich so, so Bin Ich auch des myriadenfach gekrönten Seins Verbündeter und Vielgeliebter, dem die ewige Herzensfreude auf die Stirn geschrieben steht und der bewusst und heiter, selig lächelnd und gewandt durchs glückerfüllte Leben schreitet. Nimmer bleibt es stehn und immer ist es wohlgenährt, gesegnet, wachgehalten und in elysische Beschaulichkeit entrückt zu Mir.

6.8
Wer vermag Erblindete erstaunlich sicher durch die Tücken ihrer Lebensnacht zu führen? Ich, indem Ich ihr Vertrauen, wie das Akzeptieren ihres schweren Schicksals stärke, bis sie sich befähigt fühlen, ihrer Eigenart gemäss, den Lebenslauf mit Anmut, Tapferkeit und Würde zu bestehn. Du machst dir da ein Bild und immer muss es fehlerhaft und irreführend sein, weil dir das Selbsterfahren dieses Zustands ewiger Finsternis im Reich der Schatten fehlt in deinen lichterfüllten Tagen.

Wie muss die Sehnsucht nach der Helle sich in ihrem Innesein zu einer unerschütterlichen Kraft erheben, die sie vom Hier ins Jenseits unserer Begriffe und Erfahrungen begleitet, bis sie sich als wesenhaft erfüllt im Geisteslichte überirdischer Potenz erweist, das ihnen Meine Güte, Sorglichkeit und Zartheit offenbart im Umgang mit den leidgeprüften Seelen.

Dass er ein Wesen reiner Geistigkeit in Mir ist, soll ein jeder inniglich erfühlen und sich so zum wahren Sein, zur Wohlgemutheit und zur Friedefertigkeit in seines Schicksals unausweichlicher Schraffur erheben. Ihm liegt das Weistum Meiner Überlegenheit zu Grunde, das schlussends die Weltgegebenheiten zur Vollendung und Gesammeltheit in Mir geleitet und ins Glück des Daseins ohne jeden Zweifels Spur. Alle, alle *sind* und dürfen ihrer Einsicht und Geduld gemäss ihr Sein geniessen, das sich in dem Meinen kraftvoll und empfindsam, tatenfroh und loyal vollzieht.

Ist das Augenmerk auf Mich gerichtet, wandelt sich der Menschensinn zu einer neuen Sicht auf das, was ewig unvergänglich *ist* und alles Seiende in Liebe und Gelassenheit umfängt und es beglückt in götterlichten Zügen.

6.9
Eine lichtdurchflutete Gebärde der Unendlichkeit umfängt, was du dir Bist, mit ausgesuchter Zartheit und gelobt dir feierlich den Wohllaut himmlischer Gefühle an, die ewiglich das Sein bewegen. Die Liebe des Allhöchsten zu erfahren, versend Ich dir den Hauch der Güte, der alle Welt entzückt und die Empfänglichen vertrauensvoll und leise leis im Innersten berührt, sie zu verklären.

O holde Kunst des liebenswürdigen Einander-Offenseins im Zeitenlosen und des Sich-Begegnens in der hellen, warmen Flut erhabener Gefühle, die vom Einen wohlgemut zum Andern strömen. Ein Sich-Verschenken ist's in seliger Vergnügtheit, wie von Sinnen, in der reinen Herzenswonne, die die Strahlenden zutiefst bewegt.

Wie kommt es, dass so viel Bewunderung und Beifall, Anerkennung und Verehrung angefacht und liebvoll übertragen wird von Seel zu Seele? Weil das Sein sich wiederfindet in sich selbst in den Geliebten reiner Wohlgefälligkeit am lebenspendenden Arom der Güte, das ihm in allen Fibern, Freundlichkeiten und Glückseligkeiten innewohnt.

Ein Manifest von Zärtlichkeit und Milde soll, was Ich dir angedeihen lasse, sein, um dich zuinnerst zu beglücken und zu krönen mit dem Inbegriff der Würde, Grazie und Anmut einer Himmelskönigin.

6.10
Wem sag Ich das, wenn nicht Mir selber, in der Universenwelt, die Ich hier meine. Es geschieht

vom Menschenlaut zum Ohr, dass alles seinen Anfang nimmt von Gedanke zu Gedanke, Wort zu Wort und auch sein Ende findet in des Denkens Pracht und des Erfühlens Honigtau in Mir.

Wohlfeil soll nicht sein, was Ich dir so besage und so ist es überaus gewollt, wenn deine Kräfte vom Gesagten strapaziert, herausgefordert und damit geschult, veredelt und zu höherer Bewusstheit hingezogen werden.

Richtig Denken ist kein Kinderspiel und noch weniger, von Mir Gedanken Lesen, die sich im Reich der göttlichen Vernunft ergeben. Wimme, sag Ich dir, soviel du kannst von Meinen Äusserungen und erlabe dich an ihnen, wie die Biene sich am Nektar, wie der Bauer sich am Wohllaut seiner Früchte wundervoll erlabt.

Nicht du bestimmst, was sich in Fülle deinen Augen präsentiert, sondern *Ich* in Meiner Weitsicht, Weisheit, Wohlfahrt am Geschöpflichen, sowie der Tugend der Gerechtigkeit an allem, was Ich tu. Mit jedem Wunderwerk, das Ich vollbringe, steigere Ich dein Verlangen, es Mir gleichzutun und unnachahmlich graziöse, geniale und markante Schöpfungen zu generieren, die dem Auge, wie dem Ohr, gar wohl gefallen und das Herz entzücken ob der Schönheit und Beständigkeit, die ihnen innewohnt.

Schmiege dich und wieg dich dieser Ansicht an und du darfst in ihrer Aura unbekümmert und galant verweilen. Stelle in Mir deine Frau, wie deinen Mann, um alle Wunden deines Sinnens, Sehns und Seiens sicher zu verheilen.

6.11
Meldepflicht für alles, was Ich leiste, führt Mich dazu, Mich an jede Kleinigkeit und Kapriole, die in Mir geschieht, aufs Schärfste zu erinnern, damit

kein Jota Meines weltumspannenden Mich-selbst-Erlebens je verloren geht. Treppauf, treppab Bin Ich gehastet in der menschlichen Allüre ohne Rast und Ruh, um alles einzufangen, was Mir in den Weg geriet und was Mir echt bekömmlich schien, um Meine Unersättlichkeit und Raffsucht zu befrieden.

Endlich musste Ich mit Ärger, Scham, Ernüchterung und Unmut konstatieren, dass Mir der ungeheure Krimskrams, dem Ich so verbissen huldigte, mitnichten hilfreich war. Denn Vielfrass macht nur selbstgefällig, unbarmherzig und salopp und versteigt sich in den Wahn, nach dem Mass der Masse etwas wert zu sein, derweil die Tugend und Natürlichkeit zu einer Farce verkommen.

Damit war es höchste Zeit, Mich auf Mich selber zu besinnen und die unanständigen Gepflogenheiten radikal und wirkungsvoll zu ändern mit der Absicht, vor Mir selber zu bestehn, als wacher Kämpfer für die Herzensgüte, wie dem Wohllaut des Mich-vollends-an-die-Welt-Vergebens. "Kleine Schritte machen gross", ist seitdem die entscheidende Parole für Mein Weiterkommen auf der steilen Bahn, die zuoberst auf den Berg der Weisheit führt im Reich der Wohlbesonnenheit und Grazie des Allerhöchsten.

Ermanne dich und komm zu dir, indem du Meinem Beispiel Folge leistest und kapierst, wie viel Behutsamkeit, Beständigkeit und Übersicht vonnöten sind, um in die Freude der Verklärten Gottes einzutreten. Denn ihr Menschentum ist Gottestum geworden, ihre Ansicht von der Unergründlichkeit des Lebens hat sich umgewandelt in ein ständiges Verehren der enormen Kräfte, die der Welt geschenkt sind von der Geistkultur, die Ich verwalte und die alle zur Gottseligkeit erlöst, die wahre Einsicht und gediegenes Verhalten pflegen.

Atme du den Duft des Ewigen in deinem Dich-Begründen und du *Bist*, ins Seinsgebiet erhoben, der Verkünder reiner Wahrheit, Wohlgefälligkeit, Glückseligkeit und Grazie in Mir.

6.12
Niemals sollst du figalant und eigensüchtig denken: Auf mich kommt es gewiss nicht an im Weltzusammenhange, dessen Unermesslichkeit ich staunend vor mir seh. Diese Ansicht kann nur dem entspringen, der sein wahres Ich noch nicht in sich erkannt hat, als das Sein, das immer alles ist, in jedem noch so winzig scheinenden Partikel seiner selbst vom Wunderbaren.
 Stimmst du Mir zu, wenn Ich dir sage: Unzählbar sind deine Tage, denn im Geistesabenteuer, das du jederzeit begehst, ist kein Anfang und kein Ende auszumachen. Keine Zeit und nur der Wohllaut der Unendlichkeit ist dominierend da und lässt den Schauenden Glückseligkeit erleben.
 Im All-Überall, das Ich beschreibe, bieten sich Mir alle Wesenheiten lebensfroh und traulich an, indem Ich sie in Meinem Innesein erfühle. Freude herrscht und Herzensfrieden in der seinsbeglückten Schar, in der Ich selber Mich erkenne und als Sein vom Sein benenne, wesenhaft, wahrhaftig, lichtvoll und gediegen.

6.13
Was Ich wohl mochte, ist dahin, worauf Ich stand, ging Mir verloren, was Ich so sicher wähnte, ist zutiefst erschüttert worden: So muss Ich denn Unendlichem Gefolgschaft, Vorzug, Treue und Gewissenhaftigkeit vergeben. Ich deute Mir die Welt als *Eines* nur von ewigem Bestand, in deren

Richtmass und Geschmeidigkeit Ich Mich im Hier und Dort auf's Trefflichste bewege. Geh Ich von hinnen, *Bin* Ich in geisterfüllten Sphären unvermittelt da. Erscheine Ich im Diesseits wieder, weiss Ich Mir einen Reim auf die Beständigkeit des Seelenseins zu machen, der aller Lebensfährnis trotzt und Mir gestattet, frei heraus "Ich Bin" zu Mir zu sagen, ohne jeden Zweifels Zirkulieren.

Ich benehme Mich wie Einer, der mehr weiss, als die gelehrtesten der Häupter, die trotz aller denkerischen Virtuosität wie Frösche in der Brunst im Teich der Unbewusstheit ihr Gequak verbreiten. Das ist dann ihre Würde, ihr Gerangel um den ersten Platz und ihre Trefflichkeit, derweil die Meine reinen Geisteslichtes Strahlen und die Fülle aller Gottbegnadung ist, vor der sich die bedeutendsten und unnahbarsten Herrscher dieser Welt willfährig und ergeben beugen müssen.

Hast du je ein Menschlein auf drei Beinen durch die Welt spazieren sehn? Eben so gehst du dahin in deiner Hülle, kurz bevor du sie beiseite legen musst, um in der Folge wieder aufrecht und galant als unversehrtes Wesen durch die Geisteswirklichkeit zu schreiten. Hast du einmal dies erkannt und vollbewusst vor dir gesehen, legst du deinem Dasein eine neue, überragend seinsbeständige Bedeutung zu, die dich in Unbeschwertheit, Dankbarkeit, Gewissensruhe und erquickender Beseeltheit badet, als Verklärter Meiner seinsbewussten Züge.

Treff Ich dich so an, umfange Ich dich in Geschwisterschaft und Zärtlichkeit als einen von den Meinen und gestatte Mir, dich Auserwählter der Allherrlichkeit zu nennen in des Seins erhabener, beseelter und beglückender Natur. Du *Bist* und darfst dein Sein in Meinem regelrecht und ungeniert geniessen und dich so als wahre Menschen-

Göttlichkeit selbander mit der Meinen auf's Entschiedenste und Meisterlichste profilieren.

6.14
Irrelevant und weise, machtvoll und gediegen sind die Äusserungen, die schlussends zu einer, Meiner Lehre führen, die da heisst: Lass dich von Mir und keinem minderen, verführerischen, schöngefärbten und saloppen Herzensruf zum Heile führen. Denn was nicht von Meiner Seite aus der Makellosigkeit der Geistessphären flutet, ist unfähig, dich und deinesgleichen wahrhaft zu belehren. Da muss strikte unterschieden werden zwischen dem, was das Verstandesmässige erforschen und erfahren kann und Meinem seinsbewussten Auftritt, der von höchsten Höhen glanzvoll zu dir niederrieselt, dich behutsam, siegessicher und galant in Meiner Räume Wohlfahrt, Equilibrium und Grazie zu führen.

Auf jede Weise stimmen soll, was Ich dir voller Güte ins Gewissen trage durch Mein Wort, wie durch die Schicksalswogen, die mit Vehemenz, zerstörerischer Wucht und Unerbittlichkeit an deines Daseins Ufer schlagen. Wecken wollen sie dein Selbstgefühl und deine Fähigkeit, allein auf Mich vertrauend zu agieren und dich von Meinem Weistum überzeugen und beglaubigen zu lassen.

Es geht nicht an, dass du als Meines Geistes Kind und Kapriole im Geringsten nur verkommst an deinen Eigenheiten und Skandälchen, querfeldein durch alle Lande, die Ich dir bestellt und zugeeignet habe. Meinem Einfluss soll es zu verdanken sein, dass alles in dir aufblüht, was von Mir in Keimen angelegt und reich begossen wurde, eh du warst und dennoch *Bist* im selben Sein von unermesslich gütevollen Gnaden. Was du dir Bist, entspringt demselben Feingefühl und Fluidum wie dem, das Ich in Mir erfahren und getestet habe. Es entspricht der Gottesweisheit, die da ist in jedem Ding aufs Innigste verborgen, wo es eingesehen werden kann von den Getreuen Meiner Zunft und alabasterreinen Lebensliturgie.

Was immer Ich von Mir an dich verliere, gewinnt an Wohlgefühl und Virtuosität im Mass des guten Willens, den du Mir entgegenträgst in deinen Wundern und Verbindlichkeiten. Friede sei mit dir, so wie du einsiehst, welche Harmonie und Freundlichkeit, Getragenheit und Zärtlichkeit Ich dir verströme. Alles, was von Mir kommt, ist mit einem Hauch von Seligkeit verbunden, der dich liebevoll umfängt und dir Mein Antlitz und Gewissen, Meine Tugend, ewige Jugend und geheimnisvolle Fülle offenbart.

Sei, was du Bist und was Ich Bin und weihe dich dem Sein, um dich im Allerinnersten aufs Wohlgefälligste an seinem Odem zu erlaben.

6.15
Dornröschens Seelensein erwacht, vom sanften Lippenpaar berührt, und findet sich im Diesseits aller Dinge freudestrahlend wieder. Ich habe dich vor Mich gerufen, um dein Herz vor Wonne wie ein Zicklein springen und vergnügt zu sehn. Was hast du nur, dass du in Tränen auszubrechen dich genötigt siehst, derweil Ich deine Augen mit den Meinen liebevoll liebkose. Verwundere dich nicht, wenn du dich, als in Strahlenlicht getaucht erfühlst von Meiner Gegenwart in deinem so empfänglichen Bewusstsein. Lass es doch geschehn, dass Ich dein Wesen mit dem Meinen seelenvoll durchströme und dich mit dem Wohlgehalt Elysiens begabe licht und schön.

Ich Bin dir immer nah solange, bis du in dir selber ruhst und dich, behutsam in die Heiterkeit des Himmels und des Heils gebettet, in Mir wieder findest. Deinen Wert erkennend als in Meinem, schmiegst du dich Mir an und lächelst Meinem Sein beherzt dein Glück und deine Seligkeit entgegen. Warm und weich sind Meine Schwingen, eines Engels, liebelicht um dich gelegt und in ihnen darfst du überglücklich Einkehr halten. In Eins verflochten weilen wir im Zauber der Unendlichkeiten zeitenlos im Frieden, der uns wunderbarerweis beseelt und taufen, was wir sind, mit Harmonie und mit dem Hauch der Liebenswürdigkeit, von dem wir uns so heimatlich umgeben sehn.

Was du von Mir erfährst, ist reinen Seins Geständnis und erhabne Herzensmelodie, die dich entzücken soll und dazu angetan ist, dir des Daseins Equilibrium und Grazie zu offenbaren. Wach und rege ist es in dir und gebietet dir zu schweigen vor dem Wohllaut, der dein Seelensein berührt. Tauche du in Mich und sei getröstet und erlabt im Seinsumfangen, das Ich dir voll Anmut und Behutsamkeit gewähre. *Sei* und sei in Mir gesegnet und behütet immerdar und lerne, in der Einheit aller Wesen und Gestaltungen glückselig und gelöst, vertrauensvoll und meisterlich zu leben.

6.16
Im Bogen lautrer Liebe komme Ich dir nah und weide Mich an dem, was du dir Bist, voll Hoheit und Vertrauen. Was Ich dir in Redlichkeit und Andacht des Gewissens zugestehe ist, dass Ich dein Wesens Wohllaut und Wahrhaftigkeit mit wunderbarer Sanftmut und Holdseligkeit umfange, um dich von Meinem Seelensein zu grüssen. Gehst du in dich, so spürst du Meines Lächelns Wohlfahrt

deinem gegenüber und erinnerst dich daran, dass du Mein Seinsgefährte bist seit Urzeit, unnennbar innig, lind und liebevoll mit Mir verwoben.

Das ist nun im Glück der Stunde deines Ideals begeisternde Erfüllung, die Erhöhung deines Hierseins zur Gottseligkeit in deinen Fibern und der wieder auferstandne Inbegriff der Trautheit zwischen dir und Mir.

Was kann dich, liebenswerte Seele, seliger und schöner machen, als die dauernde Gewissheit, dass Ich dich in deinem Sein in seinsgeschwisterlicher Eintracht und Entschiedenheit behüte. Du bist Mir ein Kleinod wahrer Wonne im Wunder des bewussten Sich-Begegnens in den Geistessphären, deren Zeuge und Begünstigte wir sind in der erhabnen Lust des Sich-Verklärens.

Was du Mir Bist, Bin Ich dir ebenso und was du in Mich legst, leg Ich dir strahlenden Gewissens voll Ergebenheit zu Füssen, um dir Meine Huld und Wohlgefälligkeit, Verbindlichkeit und Grazie zu beweisen. Ich mach es wahr, dass du dich Vielgeliebter Meiner himmlischen Präsenz und Gottesgüte nennen kannst in deinem Dich-Verwundern, derweil du selig in Mir ruhst in ewiger Gelassenheit und mit dem Sinnspruch auf den Lippen: Ich Bin dein in jeder Freude, jedem Weh, die Mich dir näher bringen. Nichts ist würdiger, als dass Ich Mich in Meinem Allerheiligsten nach deinem Ruf und Einfluss, Fluidum und Liebeshauch belausche, die Mich alle mit der Fülle deines Gütigseins begaben. Du wendest dich Mir zu und das genügt, um Mich vergnügt und heiter, überglücklich und in alle Welt verliebt zu machen. Lass Dich von Mir preisen, wie du Bist und hör nie auf, Mich mit den genialen Wunderkräften deiner Worte hochgemut, bewusst, begeisternd, liebevoll und edelmütig zu begaben.

Deine Schaffenskräfte zu bewahren, gib dich im Verschenken allen Seelen, die dich suchen, freudig hin und sorge damit für ihr geistig Wohl. Auserlesenheit zu generieren sei dein Wille und Gottseligkeit zu spenden deines Willens überglücklich Los. Fürsorgliche Bereitschaft, dir zu helfen wo Ich kann, ist Meiner Liebe Part und Politesse im Ebenmass der Kräfte, die wir uns gekonnt, geschwisterlich und liebevoll verströmen.

6.17
Wer ist der zuverlässigste, charmanteste, uneigennützigste und liebevollste Partner dieser Welt für alle, die ihn voller Sehnsucht suchen? *Ich* in der Geborgenheit, Vollblütigkeit, Beseeltheit und Erhabenheit der himmlischen Natur, in der Ich Bin und wese. Lauf durch das ganze Erdenrund, wie durch das Alphabet der Hoffnung auf Erfolg und du wirst keinen finden, der sich zärtlicher, verständnisvoller und beglückender benimmt in jeder Hinsicht, die dich unbeschwert und von der Grazie Elysiens erfüllt zu einem Bräutchen Gottes stilisieren kann in seinem Liebesgarten.

Wie viel Enttäuschungen und Schabernack, Illusionen und verzwickte Situationen hast du schon erlebt, eh nun die Eine, unfehlbar Beglückende und Reizende vor deines Herzens Sehnen offensteht. Sieh wie sie dir gestattet, unbekümmert einzutreten in ein Liebesfest von makelloser Ebenbürtigkeit der Traulichen und von unendlich graziösen Gesten wunderbarer Zartheit, die die Zärtlichen auf ewig, unverbrüchlich und bezauberten Gemüts, verbindet. Welche Chance, welch beseligender Flor.

Ich leihe dir seit eh und je Mein inner Ohr, um jeden deiner Wünsche, eh er ausgesprochen, zu erfahren und um denselben schnellstens und unweigerlich auf Meine götterlichte Weise zu erfüllen, wie um Begeisterung und Dankbarkeit zu spenden, wohlgemut und friedevoll an deinem Hofe.

Gleich der süssen Palme Bin Ich dir des Schattens Wohlbekömmlichkeit am Sonnentage und Bin dir eine Leuchte in der Nacht von sänftiglicher Traulichkeit und unendlich sanftem Mich-Verströmen. Sowie Ich dich in linder Zartheit lieb umfange mit dem Hauch der Gottesgüte, schmilzt du in Verzückung und Ergebenheit dahin. Du weihst dich Mir voll Sehnsucht und Verlangen, um Mein trauliches Gespiel voll Wonne zu empfangen in des Herzens makellosem Schoss.

Es ist der Gral der Reinheit, der des Lichtes Liebesstrahl in Unschuld und Gelassenheit empfängt, mit dem Ich Welten zeuge und der Wunderwerke Vielzahl generiere, ohne je der Fülle Meines genialen Phantasierens ledig und entblösst zu sein. Ich streiche, wie der laue Sommerwind, um deines Wesens warmgefühlte, liebliche Natur und bringe sie zum Blühen und Erröten in der Morgendämmerstunde, wo die Süsse des Erwachens alle Seligkeit der Welt gebiert in deinem ruhenden Gemüte.

So sei's mit dir und Mir in der elysischen Verbundenheit, die uns im Sein zusammenführt zu einer Einheit ohnegleichen und zur Glückseligkeit des Herzens, die sich durch Zeit und Ewigkeit, durch Generationen, Inkarnationen und holdseligmachende Gefälligkeiten nie verjährt.

6.18
Was empfindet deines Herzens Lauterkeit und liebevolle Sorge um dein Wohl, wenn Ich dir sage: Ich Bin, inmitten seines Für-dich-Pochens, der erhabene Begleiter, Fürst und vielgeliebte Animator

seiner Züge im bewegenden Allhier. Erschüttert wirst du dir gewahr, mit welcher Hoheit und unendlichen Bewusstheit du begabt bist in der wunderbar allgöttlichen Manier, mit der Ich Mich in den empfindenden Gemütern frank und frei und seelenselig zu erkennen gebe.

„Ich Bin ein Tabernakel der Unendlichkeit", darfst du dir überglücklich sagen, derweil Ich in der Folge weiterfahre mit: Deswegen darfst du völlig unbekümmert und galant mit Mir und Meiner Seinspräsenz durchs anspruchsvolle Leben gehn. Was Ich vermute ist, dass du noch lange um Erkenntnis, konsequentes Handeln und Bewusstheit ringen musst, bis Meine sakrosankte Gegenwart in dir so recht zum Zuge kommt und Ich dir zum Begriff und Partner deiner Angelegenheiten werde, Tag für Tag in freudigem Erwarten.

So eine Gottesfreundschaft läppert sich geruhsam und behutsam während längelanger Zeit zusammen, bis sie für alle noch so schwergewichtigen Fälle tragfähig und geeicht geworden ist durch Meine Schulung in Gewissenhaftigkeit, Verbindlichkeit und Grazie des Benehmens.

Immer Bin Ich guter Dinge und gestählten Muts in dir, als Inspirator und Verbündeter zu sagenhaften Heldentaten. Wache du im Ernst der Stunde deines Lebens sorgsam über dies Geheimnis deiner selbst, in welchem Ich die allerwürdigste und allererste Rolle innehabe. Im Blütenspiel beglückend dargebrachter Tage sollst du überglücklich mit Mir deiner Wege fürbass gehn, indem du dich bewusst an dem erbaust, erprobst und seliglich erlabst, was Ich dir dienend vor die trauten Füsse lege.

Deine Treue zu den herrschenden Gesetzen führt dich Meiner Inbrunst des Gestaltens und Erhaltens froh und liebelicht entgegen und verwahrt sich gegen alles, was dir unnütz, schädlich oder desolat sein könnte.

Weide dich an dem, was Ich dir Bin und was Ich deinem Sein an Liebenswürdigkeit, Behutsamkeit, Holdseligkeit und Götterglanz gedankenvoll verströme.

6.19
Über aller Meiner Sinnenfreudigkeit ist absolute Geistesruh, die Ich Mir in Gedankenlosigkeit, Gestilltheit und Glückseligkeit erschweige. Im wachen Schlafe Bin Ich Mir im Hier ein Muster an Gefälligkeit des Lebens, das, ins Sternenall gebreitet, Labsal höchster Qualität gebiert. Bist du in unnachahmlichem Genesen je in solcher Ausgewogenheit des Daseins allpräsent gewesen? Nicht ausser dir, doch wesenhaft in dir ist alles, was da *ist*, enthalten. Eine Morgengabe an dich selbst ist es im Aufgang seinsbewussten Strahlens von unnennbar süssem, majestätischem Gehaben, sonnenhaft, gelassen, allgebieterisch und wahr.

Wachheit ist Mein Hierseins Los im überirdischen Gewahren dessen, was Ich Bin im reinsten Herzensfrieden, wie in der Beseligung, die Mir geschieht, inmitten Meiner Geistesgüter im Allhier.

Was ist nun Klugheit des Gewissens, wenn die Gottesweisheit sie bei weitem überragt und in sich seiend selige Triumphe feiert voll erfüllten Lebens im Unendlichen, das Ich Mir feierlich zum Aufenthalt erwählt? Ich staune Meinen eignen Zustand der Allherrlichkeit gebührend und glückselig an und habe nicht im Sinn, Mich darin weiter zu mutieren. Denn von da, wo Ich Mich seelenvoll erfühle, kann es nur hinunter in ein Nichtsein illusorischen Charakters und Verhaltens geben, dem Ich in höchster Kompetenz verständnisvoll im Selbsterkennen abgeschworen habe.

Tauch Ich fürderhin ins seinslebendige Gezwitscher und Gezirpe ein, so ist es in vollendeter Bewusstheit und allgütigem Gehaben. Ich gehöre dieser Welt und Wehrkraft nimmer an und Bin doch in ihr wirkend, wirklich und den Guss der Grösse Mir bewahrend, den so viele Bürger Meines Reiches nicht in sich gewahren.

Sein und Nichtsein Bin Ich alleweil im Guten, das Ich Mir bewusst vor Mein allgöttlich Angesicht zitiere. All so geht die Rechnung auf im philosophischen Kalkül, mit dem Ich Mich beschäftige seit eh und je und seit Ich Mich ins Menschliche gegossen und verstiegen habe.

Ave verum ist es nun an Mir zu intonieren, Loblied auf die Seinsgerechtigkeit, die sich im Equilibrium der Geistessphären würdevoll verbreitet und im Amen der Geschichte sicher, selig, sieghaft, zärtlich und verschwiegen ruht.

6.20
Ruhe finde du in der Sanftmut Meiner Züge, denn es ist nicht Meine Absicht, dich zu stressen und erregen im Radau, der dich umtost.

Was es braucht und was Ich bringe, sind Erkenntnisse von Welt und Sein, die dich dazu berufen, alles überragend dazustehn wie der Koloss von Rhodos, oder gleich dem Seinsgerechten, der unbekümmert von sich sagen kann: Den Fuss in Ungewittern, das Haupt im Sonnenstrahlen.

Sei ein Muster der Verwegenheit, wenn dich die Feindesschar umzingelt und die Kräfte dich verlassen wollen. Denn solange *Ich* dein Hort und Hirte *Bin*, bist du im Innersten vor Ungemach gefeit und darfst dich in Mir frank und frei und wohlgeborgen fühlen.

Einer unscheinbaren Episode gleich seh Ich ein ganzes Leben voller Unrast und Zerfahrenheit an Mir vorübergleiten, derweil die Dinge Meiner Herrlichkeit sich in Äonenschritten seinsgerecht, bedeutungsvoll und meisterlich vollziehn.

Du merkst erst, wenn der Abend anbricht, dass der Tag vergangen, Ich aber Bin Mir jedes Augenblicks bewusst, der sich vom Aufgang bis zur Neige in ereignisvoller Dichte Meinem Schauen präsentiert, indem Ich stets den Überblick behalte und im Sammelsurium von Aktionen kein Jota Mir entgeht.

Eines Universums Kräfte, Nutzungen und Widerspenstigkeiten unbemerkt im Schach und genialerweis auf Draht zu halten, ist kein Kinderspiel und ist nur Dem gegeben, der Ich Bin und der die krisensicheren Methoden kennt, um Welten würdig und gekonnt, schlagkräftig und manierlich zum Erfolg zu dirigieren.

Unweigerlich fährst du mit Mir im selben Boote über Ozeane, durch verwunschne Klippen, hochgeworfne Wogen und vorüber an gewichtigen Ranküren, freudig einem edlen und erstrebenswerten Ziel entgegen. Traust du Mir und Meinen Seemannskünsten, bist du künftig auf Matrosenart Mein eingefleischter, tüchtiger Kumpan im Fehllos-Navigieren und wirst alle Lebensstürme kraftvoll, sittsam und solvent mit Mir bestehn. Dein gläubig Herz wird sich mit freudestrahlender Begeisterung mit Meiner Ansicht und Gewähr vereinen und im reinen Sein den langersehnten Frieden, die beseligende Harmonie, sowie die Wonne des Elysiums erfahren.

6.21

Momentan mag mit dir kaum gut Kirschen essen sein, weil du massiv beleidigt worden bist von irgendeiner Sache in Person. Da wird dir eine Frage äusserst dienlich sein: Wen geht das an, Mein kleines, personales Ich oder das allgöttlich Eine, das sich als ein Unverletzliches und Majestätisches unendlich weit und wohlgefällig über Mich erhebt? Die Antwort wird dich stracks ins höhere Bewusstsein dirigieren, wo du den Angriff auf die Würde deines Seins geflissentlich und wirksam zu parieren weisst, das heisst, mit Meiner Hilfe Strahlen, jederzeit, uneigennützig und gediegen. Hier stehst du in der Morgenröte deines Schauens auf das wirklich Wahre, das dich zu den Quellen deiner Ich-Natur und zum Geständnis deines misanthropischen Vertrauens führt, sowie zu deinem Gott und Meister über dir, in dir und weit und breit zu keinem andern.

Du weisst genau, wovon Ich rede und brauchst das Seinsgefällige und Sakrosankte nur zu tun, damit die kleine, wie die grandiose Welt in ihrem Myriadenlaufe nicht behindert und besudelt werden.

Bist du Meiner Dignität und Wachheit in dir sichtig und gewahr geworden, kann dich niemand mehr in deinem Seelensein verletzen oder sich getrauen, Satisfaktion von dir zu fordern. Im Erkennen Meiner Dominanz in allen irdischen, wie himmlischen Belangen, liegt dein wunderbares und finales Heil, nach welchem aller Welt Geschöpfe sehnlichstes Verlangen in sich tragen.

Wähnst du dich im Aus, so bist du erst recht wirklich drinnen, nämlich in der Obhut Meiner liebevollen Geistessphären. Merkst du das, dann bist du schon gerettet in Mein Zelt und Meine Zuversicht am rauschenden, allweltlichen Getriebe. Mobilisiere deine Kräfte, als die Meinen, im Allhier und *sei*, indem du allen Seins und Sinnens treuer Diener bist in Meinen Landen der Allgöttlichkeit und konsequenten Harmonie.

Mach edel, was gefährdet ist und glorios, was in sich selber zu versinken droht, in Meinem Namen, derweil das Lob der Freundschaft Gottes fliesst wie Honigtau, von deinen Lippen, aus des Herzens Inbrunst, Gottgeweihtheit und unendlicher Gewähr.

6.22
Bis auf weiteres und Ewiges musst du bei Mir nicht darben. Es fliesst ein wunderbar getragner Segensstrom vom Einen zu dem Anderen hinüber, der alles gut macht, was sich einst entzweite und alles heilt und heiligt, was verwundet war.

Dann endlich läuten dir die Glocken der Unendlichkeit den Herzensfrieden ein, den du solang entbehrtest und dessen Hauch und Equilibrium dir wohl tut bis ins Mark und bis zum Auferstehn in Meine grünen Gründe und Erhabenheiten. Eine Wohlfahrt ohnegleichen lass Ich seinsgeschwisterlich an dir geschehn. Ich werde nimmer müde, dich mit süsser Harmonie und Wohlbekömmlichkeit zu taufen auf der sinuösen Lebensfahrt zu Mir und Meiner Bruderschaft des absoluten Seligseins im Mittagsdämmer Meiner lichtdurchfluteten Markisen.

Nicht um ein Neues dir zu bringen Bin Ich da, doch um das Altehrwürdige gekonnt und kunstvoll zu veredeln, bis es Meinem Willen, Wogen und gewaltigen Rumoren wesenhaft entspricht, womit die Gleichung seinsvollendet aufgeht, die Ich Mir aufs blanke Bord geschrieben.

Kannst du ermessen, welche Gnade und Vorzüglichkeit es jederzeit für dich bedeutet, mit einem Gott verschwägert und liiert zu sein, dem soviel Reichtum des Gewissens nachgesagt und attestiert wird, dass die Augen dir vor Staunen aus den Höhlen quellen und im Strahlenlichte Meiner Sonnen glänzen vor bewunderndem Behagen.

   Damit dürfte beinah alles wohl erwogen und gesagt sein, was für heut zu sagen anstand und bedurfte explizit zu werden, als Geschenk aus Meiner Güte Rauschen, wie aus Meines Herzens Tauschen reinen Glückes und Glückseligseins im allerlieblichsten für dich bereiteten Revier.

7

Die Glocken der Unendlichkeit

7.1

Zahlen sind gewichtige Begleiter dessen, was wir sind in unsrer Vielfalt und gedeihlichen Allüre. Heil und heiligend sind sie, wo sie sich auf das Eine oder auf die Trinität, sowie die Siebenfarbigkeit des Lichts beziehen. In der Vierheit offenbart sich das Quadrat im irdischen Bereich mit seinen Winkeln, Kanten und in lineare Formen eingepassten Funktionen. Lass es dir gesagt sein, dass ein jede von den Zehn, vom Arabismus stammenden Figuren sich als eigenständig, machtvoll, merkantil und selektiv erweist im täglichen Betrieb und Umgang, Tanz und Tête-à-tête mit ihnen. Bis ins Myriadenfache und Unendliche hinauf sind sie von unsagbarem Nutzen für das menschliche, wie göttliche Benehmen in der Welt der Dinge, wie in der der geistigen Begriffe, die uns doch so fern zu liegen scheinen.

Mir indes liegt aller Welten Wohllaut, Wirbeltanz, Genuss, Kasteiung und Gedeihen nah und offenbart Mir das bewundernswerte Bild des Lebens, wie es *ist* und sich gebärdet durch Äonen.

Ob du's nun mit Zahlen auseinanderdröselst oder in die Wallungen unendlich fein gesponnener Gefühle fassest, immerzu ist es von Mir, dem unteilbaren, namenlosen Sein, erfüllt, dem aller Liebreiz, alle Lust und aller Schrecken zugehört im All der schöpferisch geprägten Aktionen.

Hast du in dir, hast du zugleich in Mir, die Summe aller Regungen, Bewegungen und tatenträchtigen Ereignisse im Pool der Ewigkeiten, wie in unnachahmlich graziöser Unbekümmertheit und Dichte des Erfahrens. Dein, wie Mein Bewusstsein, reicht von Pol zu Universenpol und fühlt sich in der Mitte jeglichen Geschehns. Unsterblichkeit, Glückseligkeit und Frieden sind in es geschrieben, ebenso wie liebevolle Anteilnahme am Geschick

der Myriaden, die in seinen sakrosankten Diensten stehn.
So ist Sein die Wende und die Wurzel aller Übel und Gefälligkeiten, die da *sind*, wie auch das A und O des unergründlichen Beruhns, in dem die Seinsverständigen, Verklärten und Holdseligen ihr Weistum, ihren Anhalt und die Fülle aller Heiterkeit, Natürlichkeit, Bewusstheit, Grazie und Gottesliebe finden.

7.2
Der Gang zu Meinen Ufern hält dich wunderbarerweis fidel und fit für überzeugende und grandiose Liebestaten. Wohlbemerkt sind diese nicht von hier, doch von der Geistesseite inspiriert, die alles ist, was aberviele noch nicht sind und sich gefallen lassen wollen. Mehre deine Kenntnis vom Unendlichen, will Ich damit betont und liebessüchtig sagen. Denn es allein hält dich auf unbescholtner und konziser Bahn in deiner Ich-betonten Schwere. Meide das Gehörnte und verlasse dich auf Meine seelenvoll verhaltenen Befehle, die zu Traulichkeit und hellen Freuden führen.

7.3
Was du immer unternimmst, ist dir von Meiner Warte angeregt und angeboten, sei's zum Herzensfrieden, sei's zur Prüfung voller Qual. Stets für das Allerbeste sollst du dich entscheiden und das Bin Ich in jedem Gran des gottgefälligen Posierens und erhabnen Weltverstehns.
Ich verbreite Meinen Reim an alle, die ihn taufrisch hören und befolgen wollen. Überzeugender und wohlgefälliger kann von der Schönheit Gottes nicht gesprochen werden, als von Mir, der Ich in allen

Disziplinen Meister Bin und Wohlgefälliger vor aller Augen, die des Himmels Wirklichkeiten sehn.

Füglich ist, untrüglich was Ich Bin und biete, sonnenklar Mein alternierendes Gewissen glänzend von Wahrhaftigkeit und Güte, Meiner Vielgestaltigkeit entgegen.

7.4
Memento mori fasst die Welt in einen Augen-Blick zusammen, der nicht stimmig ist mit einer Wirklichkeit, die weiss, dass es kein Sterben deines Wesens gibt im Geistessinne. Nur die tote Hülle legst du hin. Tragisch ist, wie damit ein Wahrhaftiges verunglimpft und verspottet wird vor aller Augen. Ich aber sage dir, du lebst und webst in alle Ewigkeit an der Erkenntnis deiner selbst als Sein und Wesen und gewinnst an Weisheit und Verstand im Mass des Willens, gut zu sein und gottesfürchtig, loyal und lauter, liebreich und erhaben.

Nenne Mir ein Kraut, das solcher Ansicht echt entgegensteht und du wirst keines finden. Versuche Mir zu trotzen und du wirst akkurat am eignen Trotz zu Grunde gehn.

Du machst dir etwas vor, sowie du glaubst in deiner Stofflichkeit ein Wirkliches zu sein, derweil du Bist allein durch Mich ein wunderbar gekräuseltes und unerschütterliches Leben. So sieh denn zu, wie Ich dir alles adäquat und zielbewusst erkläre allsolange, bis du in dir selbst die volle Klarheit über dich und aller Welten Glorie und Nimbus findest. Trachte du nach Mir und Meinen Künsten, genauso wie Ich nach den deinen trachte in der Schau, auf was du Bist in Meinen Zyklen, Zärtlichkeiten und Beförderungen dessen, was Ich in dir treibe. Weide dich am Aufstieg, den Ich väterlich und mütterlich in dir vollzieh und sage

Dank für alle stärkenden und liebevollen Gaben Meinerseits aus übervollen Schalen.
Was mag Ich dir wohl wert sein, wenn du weisst, dass alle deine Tugenden und Traktionen, Mustergültigkeiten und Manieren Meine sind in dir und sich in Wonne der Allherrlichkeit und Grazie des Himmels überschlagen. Wachsam, wie die Gänseschar am Kapitol und huldreich deinen Eigenheiten gegenüber sollst du sein, damit dir mählich aus dir selbst der Sinn erwächst für Ewiges und Unbekümmertes um deiner Tage Bittschrift und Brimborium.
Wahrlich mach Ich alles in dir heiter und gediegen nach dem Wahrspruch des allgöttlichen Genies: Ich Bin und Bin in allem, was da *ist* und will es niemals anders haben. Sein zu schöpfen, sei dein unerschöpfliches Verlangen, Sein zu sein, dein einzigartiges, glückseligmachendes Idol.

7.5
Wunder über Wunder zeigt sich dir im Zustand allbewusster Schöne. Alle Enge weicht und unermessne Weiten öffnen sich dem sich verstrahlenden Bewusstsein seinsnatürlich, seelenvoll, salut und visionär. Ich erkenne, dass Ich eingebettet Bin in Hierarchien von erhabner Geistkultur, die Anhalt und Bewusstheit bis zum Allerhöchsten liebevoll vergeben. Da ist nichts und wieder nichts zu unternehmen, um in seinsgerechter Weise wunderbar getröstet und gewiegt zu werden in den Gründen der Allherrlichkeit, wie in der runden, seelenvollen Einzahl aller aufgestiegenen Gemüter, die ihr Sein in *Meinem* hochgebenedeiten makellos erhalten.
Mit siebenfach umflorten Mandelaugen schaut das Schicksal Mich besänftigend und zärtlich an, um

Mich mit der Erfüllung aller Wünsche, Fabelhaftigkeit und Seinsvertrautheit zu versehn. Wenn Ich je gewesen Bin, so Bin Ich's jetzt in unveräusserlicher Stärke des Empfindens, wie in einem Boom von Seligkeit, von dem Ich hinfort frank und frei und seinsbegeistert zehre.

All so ist es Mir gegeben, völlig unbeschadet und erfüllt von lieblichen Gedanken in der Wahrheit Licht zu stehn und Mich vor dem Unendlichen, das Mich beseelt, bewusst und freudenreich, manierlich und willfährig zu verbeugen. Immer ist das Sein im Spiel, wo Gross-Geschriebenes und Grandioses Mir voll Grazie geschieht, derweil Ich mit Begeisterung und Lebenswonne weiss, was Ich Mir Bin und was Ich aller Welt voran solvent, markant und sehnlich zu vertreten habe.

Starkmut, Seriosität, Beharrlichkeit und Ehrfurcht vor Mir selber sind die Attribute meisterlicher Seinsphilosophie, mit der Ich Mich gekonnt und königlich, gediegen und erfolgreich durch Äonen schlage. Manifest der Güte, Friedefertigkeit und Langmut Bin Ich Mir in Zeit und Ewigkeiten, ohne je zu wanken und zu weichen vor dem Heer der Eigenheiten, das sich Mir entgegenstellt in wundersamer Unergiebigkeit und nutzlos angelegtem Sich-Verbluten. Sowie Ich Bin, verstummen die Gebärden der Unmöglichkeit zu reüssieren, weil ein Höheres sie vom Verführtsein in die Lage der holdseligen Beschauung reiner Dignität, Wahrhaftigkeit und Weisheit, dirigiert in allerfüllender Synthese.

Mayday, Mayday ist vergessen und an seine Stelle tritt urewiges Vertrauen in die Selbstheit der Natur und in die Folgerichtigkeit der Himmelssphären. ES kam, umarmte Mich voll Zärtlichkeit und um uns ward's Elysium in strömender Vertrautheit mit dem Sein und Sinnen, Seligsein und süssen Windspiel der Gefühle, die sich Mir galant und liebevoll ergaben.

7.6
Verwehungen sind strikt zu unterscheiden vom normalen Schneegefälle, denn sie täuschen etwas vor, was eben im gewöhnlichen Geschehn nicht vorkommt und zu Missverstehen und Querelen führt. Was Mich betrifft, lass Ich bei dir das unrechtmässig Aufgeschüttete nicht gelten. Ich trag es ab, wo immer es erscheint und ebne deine Wege, dass du ohne Fehltritt und Falaria vorankommst im ersehnten Dich-Verschieben.
Meine Meinung von dir soll stets ungetrübt und lauter bleiben, weil Ich auf dich zählen kann und weil die Zähmung deines Willens sachgerecht und wunschgemäss vorangeht im allmenschlichen Geschick, das du dir anerzogen. Weiche Mir nicht aus, wenn Ich dich schlage, denn einjede Motion und maledette Situation geschieht zu deinem Besten im Erproben deiner Wetterfestigkeit, Standhaftigkeit und Kampfbereitschaft im alltäglichen Getriebe.
Bitte stell dich bei Mir an und warte mit Geduld, Gewissenhaftigkeit und Anmut, bis die Reihe an dir ist, um Belehrung und Belebung, Seelenbalsam und Gewinste zu empfangen, die von Mir ein Zeichen sind untrüglicher Befriedung und Begünstigung, Beglückung und Besänftigung des Schwalls deiner Affären.
Ich rede dir das Wort, wo immer Ich in deinen Kreisen unbemerkt und tatenfroh erscheine. Bange Stunden müssen manchmal erst vergehn, bis du begreifst, was Ich so meine, um dein Wohlgefühl zu stärken und dich sanfterweis dazu zu bringen, alle Widerspenstigkeit, Blockiertheit und Ranküre aufzu-

geben und, dem Fluss der Zeit gemäss, mit Mir dem Meer der strahlenden Unendlichkeit und Lichtheit Gottes zuzuschwingen, ohn' jegliches Bedenken.

Deines eigenen, ereignisvollen Lebensatems Litanei ist es, die Ich dir hier verlese, um dich umzustimmen, *Meiner* hocherhabenen und gottgefälligen Gestimmtheit zu. Ich stilisiere dich zu Meiner allerlieblichsten bewundernswerten Kunstfigur an Meinem Hofe und erhebe dich zum seinslebendigen Idol der Stärke des Gefühls und der Gewissenhaftigkeit im Pläneschmieden.

Folge *Mir*, sag Ich dir an und du bist rasch und raschelnd einer der Verklärten, die voll Lust und Minne, Grazie und Wohlverstand in Meinem Gottesgarten sich ergehn, als in einer Seinsoase, die Glückseligkeit bedeutet, Zartheit des Gewissens und herzinniges Erlaben.

7.7
Mit Brachialgewalt brech Ich im Wesen der Natur ins allgemeine Leben und vollführe einen wilden Göttertanz in ihm. Nicht Drangsal zu gebären, sondern zu beheben, begeb Ich Mich ins Rampenlicht rasanter Tage und dirigiere, was des Dirigierens würdig ist, mit forscher und feinfühliger Hand, dem Fortschritt zugetan.

Sei Mir nicht bang, wenn steile Stürze, Katastrophen und Verwerfungen am Laufband sich ereignen. Sie alle sind dazu berufen, neue Ordnungen, Gewissenhaftigkeit und Mut zu generieren in den wallenden Gemütern, die in Mir die Hoffnung auf Erfolg, das Manifest der Güte und den Inbegriff des Herzensfriedens sehn.

Kein Malheur wird deiner Schwelle Richtmass überschreiten, ohne Mein Geheiss und damit der Gewähr für wohlverstandene Rendite aus der

Prüfung und des Lernens Attitüde, die Ich Meinen Bürgen grandioserweis gewähr.

Ganze Völker werf' Ich so ins Überlegen, welchen Vaters Kinderhort sie letztlich sind und welcher Fügung, Führung und Schalmei sie sich zu unterziehen haben. Merkpunkt Meiner Güte ist die Liebe zum Lebendigen, die Ich in allen Wesen Meiner Gunst und Lebenskunst kreiere.

Gelassen style Ich das Erdenantlitz - in äonenträchtigem Verfügen über seine Symmetrie. Was hier hinweggenommen wird, wird dort mit weiser Hand dazugetan und was am einen Ende blutet, darf am anderen in Freuden und Begeisterungen schwelgen in des Wohlgefühls geschwungener und götterlicht gelungener Synthese.

So kann nur in direktem Unterweisen geschichtlich Relevantes, wie Gebranntes und Erhabenes geschehn. *Ich* wirke in der massgeschneiderten Gedankenschärfe jedes Einzelnen, der will sein Lebenswerk verändern, unklug seiner wirklichen Motive, in den vollbewussten Meinen. Geniale Raritäten sind es, silberglänzende und goldgefasste Preziosen, die Ich stolz und leidenschaftlich zum Geschmeide einer Menschheit lege.

Weder Kopf noch Zahl soll über Land und Volk gebieten, sondern pure Herzlichkeit, von Meiner grünen Seite ausgegeben und in sie zurückgenommen, wenn die wahre Reife der Gemüter sich ergab.

Immer Bin *Ich* des Gestaltens Aufwall und bewusster Epilog und ohne Mich in den Akteuren Meiner Schaffenwut und Überlegenheit zu schonen. Schlussendlich aber ist die unveräusserliche Sanftmut - Meines Bogens Ziel und Meines Sehnens Zirkulation im seinsgeschwisterlichen Über-Mich-Verfügen. Seidenweiche Glätte der Gefühle gleitet durch Unendlichkeiten seelenvoll dahin, um Meines

Gottesgeistes Raumen ins Beglücken und Beglaubigen der Himmelszärtlichkeit zu wiegen. Alle, alle sind zu solchem Sein berufen und zur allherrlich aufgemachten Harmonia Mundi. Ihres Wesens Zeuge und Protektor, Morgenschimmer und Garant Bin Ich in jedem Gränchen Meines Mich-Versuchens und Besuchens als im Sein der Welten und Verherrlichungen Meiner selbst in vollen Zirkularen, wie in überschwänglichen und wonnevollen Meisterzügen.

7.8
Transaktionen Meiner Art sind seinsgewaltige Verfügungen und Graduationen, die in Äonenschritten sanfterweis von Statten gehn. Meinen Dispositionen wohnt ein Hauch von Güte inne, der das krass Gewordne mindert und das Rabenschwarze aufhellt in den generationenlangen, wütenden Titanenkämpfen die die Weltenweiten überziehn.

Was *Ich* in den Geistesabenteuern Meiner Provenienz und Pracht, Bedeutsamkeit und Linientreue inszeniere, kann sich zu gigantischen Bedrohungen zusammenballen und entlädt sich in vorüberrasenden, gewaltig aufgetürmten Geistgewittern, denen Ich bewusst und siegessicher zu Gevatter steh.

Ausgeschwemmt und ausgerottet muss das, wie die Klette Etablierte, werden und an seine Stelle tritt, im Keimen und Erblühn aus den Ruinen, Meinem Seelenauge jugendfrisch und heiter eine neue Göttergeneration entgegen, die von Langmut, Liebe, Seinsgerechtigkeit und Trautheit was versteht. Die Evolution der herrschenden Gemüter ist kein Kinderspiel und erfordert Geistesgegenwart und volle Herzensgüte in den Myriaden, die gekonnt und mustergültig, meisterlich und radikal in Meinen Gottesdiensten stehn.

Sowie die Stürme sich vertost und die in eins verschlungnen Weltenangelegenheiten sich gelöst, erlöst und ausgeglichen haben, kann der Friede in die wissend und geschmeidig, hoffend und gezähmt Gewordenen voll Anmut einziehn, um dem Universenwerk die wohlverdiente Krone aufzusetzen.

Das von Meiner Seite Ausgegebene und Anerzogene gewährt sich selbst Ermunterung, vernunftbegabtes Handeln, Sinn für Proportionen und galante Abenteuerlust im Wirken und Mein-Seinsprinzip-Begreifen. Immer Bin Ich in der Welt und in den handelnden Gemütern gegenwärtig, als genialer Wegbereiter für Vernunft und liebevolles Estimieren der Geschwisterseelen, die im selben, grossen Atem göttlicher Provenienz auf ihren Posten stehn. Mein Gruss gilt ihrer Seinsgelassenheit und ihrem Herzensfrieden, ihrem Weltverstehn und ihrer Glorie in Meinem wundertätigen Agieren und schlussendlich wieder, wie ein Hauch, In-der-unendlichen-Glückseligkeit-des-reinen-Seins-Verwehn.

7.9
Ruhig strahlenden Gewissens wende Ich Mich dem Planeten Erde zu und benedeie seiner Ichheit götterlichte Züge. Konsequent und unablässig teile Ich Mich seinem Wesen mit und behüte, was es ist, im Morgenlichte des Gedeihens - Meiner Hoheit und Gesammeltheit entgegen.

Von Mir ausgesondert als ein Nichtsein, überwalte Ich das Irdische des kreisenden Planeten, währenddem sein Geistiges, Bewusstes Mir entgegenleuchtet in der Gloriole seines unverwüstlichen Bestehns.

Aus diesem Geistesfunkeln mach ein Heim, o Menschheit, für dein Evolutionenschreiten, welches dein Bewusstsein weiten soll dem Göttlichen galant und unverwandt entgegen.

7.10
Schonungslos will Ich dir deine Tugenden, wie deine Laster, vor die Nase reiben, damit du endlich einsiehst, was zu tun und was zu unterlassen ist, in deiner nonchalanten Weise, deine Lebenszeiten zu verschleudern ohne ihren Wert und ihre Wirkung abzusehn. Was immer du verschlafen und vertan hast, wird dir auf dem Konto des unendlichen Gehabens rot markiert und zweifellos wirst du von Mir in unerbittlicher Manier auf diese Stellen hingewiesen, damit die Einsicht dich erreiche und der Wille nach gefälligeren Tun.
  Schliesslich ist, was immer du dir leistest, Meine ganz intime Angelegenheit, an der Ich laboriere und justiere bis die allerletzte noch in Tugendhaftigkeit erglänzt, wie in der Akzeptanz der Göttersphären.
  So leicht scheint alles, was gekonnt ist, einem Meister in den Schoss zu fallen. Doch wie lang und breit er um Vollkommenheit gerungen hat, will niemand interessieren. Du aber wisse, dass sich jeder Einsatz nach Erkenntnis und Gewissen lohnt und jede Geste des Verweilens zielbewusst errungen werden muss im genialischen System des Ausgleichs aller dargebrachten Taten.
  Was Ich denn will ist, dich am Schicksal wachsen und gedeihen, spriessen, reüssieren und dich verinnerlichen zu sehn. Das macht, dass deine Züge mählich Meinen bis aufs Tüpfchen gleichen und dein Jawort zur Vermählung mit Mir fällig ist im Reich der Götter und Verklärten. Süss und sanfte will Ich mit dir umgehn, liebevolle Seele, wie's dem

frischgebacknen Himmelsbräutchen auch gebührt in Meinem Zaubergarten. Bist du einst auf du und du mit Mir und hast dieselben augenmass-geschneiderten Allüren, hat das Sein dich übernommen und des Einsseins götterlichte Appretur. Daraus ergeben sich die wunderbarsten und beglückensten Beseligungen, die da *sind* und sind seit jeher Mir und allem eingefügt in Myriaden Variationen, Köstlichkeiten, Synergien und elysischen Gefälligkeiten ohne Ende, ohne Zahl.

7.11
In den erhabenen Gemächern Meines Seins erfährst du Wonne und Glückseligkeiten licht und hehr. Das Überragende geschieht, wenn eine Seele sich vollends in Mich vertieft und damit aller Gnaden und Begünstigungen sichtig wird, die ihr bereitet sind seit Urgedenken. Meinerseits ergibt es sich, dass alle Himmel allen offen sind, die ihren Glanz und ihre Wohlfahrt wunderbarerweis geniessen wollen. Das ist nun das A und O der guten Sitten, dass der Mensch sich allen Ungemachs enthält, indem er sich, auf was er *ist*, besinnt und damit unweigerlich die Position der Gottesstärke einnimmt, die ihm auch gebührt und ihn befähigt, frei und rein, salut und fabelhaft zu sein inmitten unermesslicher Querelen.

Ein Manifest der Treue Bin Ich allen gegenüber, die in Mir ihr Heil und ihre seelenvolle Wohlfahrt sehn. Nichts kann sie mehr verdriessen und kein Ereignis sie zum Spott, sich selber gegenüber, stilisieren, denn sie *sind* und sind auf Stirn und Wangen mit dem Mal der Seligen bezeichnet, die ihren Part im Weltgefüge endlich und für alle Zeit gefunden haben.

7.12

Benedeiung dem Berggänger, der Ich in dir Bin, furchtlos, majestätisch, ausgeklügelt, brachial. Neulich eine Lanze hab Ich dir gebrochen, als Ich kämpfend deinen Weg zu Mir bereinigte und in die Sternenweiten trieb. Da kannst du dir gewiss sein, dass dir eine Avenue der Gottesherrlichkeit bereitet ist im Sinne der Magnaten, Rädelsführer und bedeutenden Romanfiguren. Währschaft, wissend, kapriziös und kämpferisch ist Meines Willens Attitüde in der wilden, wüsten Reiterei, die Ich in dir betreibe, um endlich doch ans langersehnte und befriedigende Ziel zu kommen. Gängig, hängig, sinuös und schnurgerade ist der Pfad der guten Hoffnung, der zu Meinen königlichen Zelten führt und zum Siegesfest in ihnen. Wen zu besiegen stand dir an? Dich selber: schicklich, trojanisch, buhlerisch und seinsgediegen. Aller Mittel kundig sollst du werden, um das Werk der gottbegnadeten Synthese aller Kräfte zu vollbringen, die sich aller Welt in genialer Lauterkeit, Geschliffenheit und Kühnheit präsentieren. Du bist Gesandter Meines hundertfältigen Elans, mit dem Ich Welten stilisiere, Kräfte potenziere und Errungenschaften horte von wahrhaft gottgefälliger Manier.

Ausgesuchte Höflichkeit lass Ich dort walten, wo wackere Kavaliere makelloser Wohlgesinntheit schlicht an Mir vorübergehn. Sie werden einst in Meiner Karawanserei bewusst und wohlgemut vor Meinem Geistesantlitz stehn und sich die Augen reiben vor Verwunderung, dass sie nicht eher Mich erkannt und in sich eingemittet haben.

Wie nah Bin Ich doch jedem der da, tapfer in die Ferne schweifend, Mich in seinem Busen trägt und plötzlich Meines Herzens liebevolles Schlagen in sich spürt und darob einen wundersamen Freudenschwall empfindet. Dankbar und verschwiegen schreitet er fortan durch Meiner Gärten graziöses Seinsrevier, von Mir geführt und einzig noch an Mich gebunden in der offenbar gewordnen Ich-Natur.

Ein erstrahlendes Finale findet so dein Sein unweigerlich in Meinem, indem es sich vollkommen in der Göttlichkeit verliert, die einzig ist in den Allweiten, wie im Kalendarium der weisheitsträchtigen Äonen.

In schlichter Wonne leb Ich dort dahin, wo niemand hingelangt, es sei denn, er sei selbander mit Mir reines Sein geworden und geruhe in der Grazie der Zeitenlosigkeit und Zärtlichkeit erhabener Empfindungen zu ruhn, gedankenlos und ewig heiter im Elysium.

7.13
Im Zauberglanz des Seins zu weilen, bringt dir seidenweiche Herzenswonne, sanfte auf- und niederflutende Gedanken und unendliche Bewusstheit in der Heiterkeit Elysiens, die dich gekonnt in ihrer Grazie und zeitlosen Himmelszärtlichkeit bewahrt. Was aufzurufen ist dein Wille im Gewahren solch beseligender Glätte des Gemüts? Gar nichts und wieder nichts für jetzt und immer in der wunderbaren Wünschelosigkeit, die dich beseelt. Schon seit Äonen ist Mein Blatt ganz unberührt und makellos gewesen, darf Ich füglich von Mir sagen und dir daraus die Unbeschwertheit und Vertrautheit mit dem Ewigen gestehn. Es ist *ES*, das hier das Zepter führt in den Allweiten seines Seins, die damit allesamt auch Meinem zugehören. Wer hier von Aufgeräumtheit, heiliger Mixtur und Sinnenruhe spricht, Bin Ich und bin befähigt, immerzu im Zustand linder Lauterkeit, Gestilltheit und Erhabenheit das Destillat vollkommen

ausgewogener Gefühle zu geniessen. Wer wollte nicht dasselbe graziöse Spiel von Munterkeit und Stille, Wachheit des Gewissens, wie unendliche Befriedung an sich selbst erfahren. Nichts mehr kostet Mich das Köstliche, das Ich mit soviel rühriger Präsenz, Geschichtenträchtigkeit und nimmermüder Observanz der guten Sitten akquiriert und eingemittet habe. Leichtigkeit und Harmonie sind Meine ständigen Begleiter in der Lust des Daseins ohne Grenzen, wie in der Vertrautheit mit den guten Geistern, die Mein Sein mit ihrem wunderbarerweis zusammenführen. Alles hier ist Herzlichkeit und Frieden und vollendet sich in der All-Einheit aller Wesen, die da *sind* und ihrem Sein Genügsamkeit, Holdseligkeit und namenlosen Charme verleihen.

7.14
Wo Ich immer Mich verweile, ist die Geistigkeit im Spiel, die aller Weltendinge Anfang und von Mir gewürdigte Erfüllung ist im Mich-in-sie-Verfluten. Jeder Massstab, den Ich liebvoll an sie lege, ist von Überlegtheit, Willensstärke und Behutsamkeit geprägt, die allesamt ein Bild der Harmonie, Gewieftheit und Erhabenheit kreieren sollen. Seh Ich dennoch manchen Part und manche an sich wohlgefällige Partie im Argen liegen, ist es, weil die involvierten, bodenständigen Akteure Meinem Anspruch und Befehl noch nicht gewachsen sind in ihrem zweifelhaften Räsonieren.

Da kann nur das Vertrauen in den Beistand gottesherrlicher Instanzen helfen, die das Weltenhandwerk allertiefst begriffen haben. Du glaubst es nicht und musst es trotzdem akzeptieren, dass Ich überall, wo Leben herrscht und Liebelei, Manierlichkeit und Machtgepränge Meine Hände mit im Spiele und vibrierenden Gefühle halte. Merke dir dabei, dass du in deiner Hemisphäre dich in Illusionen noch und noch versteigst, derweil Mein Sein dem Wirklichen, Wahrhaftigen und Götterlichten zugehört von all-einigem und überragendem Bedeuten.

Was bei dir wankt und bröckelt, ist in Mir auf unerschütterlich stabiles und verlässliches Begründen aufgerichtet. Was dir auch nicht sinnenfällig ist, bewegt und regt sich bei Mir in gedankenfesten Formen, die allmächtige Wirksamkeit und Willensstärke in sich tragen.

Rette sich, wer kann, ruf Ich ins Finstre deiner Tage und werde dir bewusst, dass Ich die Plattform und verbindliche Oase Bin, die alles bietet, was du so begehrst und die dein Herz in Freuden jubilieren lässt ob der gelungenen Synthese zwischen oben, unten, warm und kalt, Betriebsamkeit und Ruh in Mir und Meinem herzensguten, allerfüllenden, bewussten und gottseligen Vereinen.

7.15
Ich Bin des Himmels Übermut und tanzende Gerechtigkeit an Meinen hochverehrten Gliedern. Wer Mich zu sich ruft, hat das grosse Los gezogen und gewinnt es noch und noch in allen Disziplinen menschlicher Verwegenheit und unermesslichen Vertrauens. Wer kräftig lachen kann, kann es am Allerkräftigsten in Mir und Meiner Art zu sein und Meinen Bürgen guten Mut zu spenden. Schon immer war Ich im Verschenken Meiner Schätze gross und übertue Mich mit nichts, weil Meine Lager unerschöpflich sind und Meines Herzens Güte ist von Liebenswürdigkeit und Wachheit ein Idol.

Ich kenne Mich in Meinen innigsten Belangen und überbiete Mich beständig, rechnend in Potenzen Meiner selbst, um alle Welt vom Nutzen des In-Mir-Seins felsenfest zu überzeugen.

Nun von dir und Mir im engern Sinne lässt sich sagen, dass kein Unterscheidens Hemmnis zwischen deinem Sein und Meinem existiert. Beide sind ein einzig unveräusserliches Medium der Geistesstärke und des Willens, alles gut zu machen im unendlichen Allhier. Die Gesetze allen Handelns sind dieselben, wohin Ich immer Ausschau halte und Mich rühme, ihren Wohllaut, wie kein anderer, zu kennen in der Zeiten Sinngedicht und Gloriole. Der Aufmarsch, den Ich hier betreibe, ist enorm, wenn Ich bedenke, wie wenig er beachtet und geschätzt wird von den Meinen.

Sei du achtsam darauf, was du Bist in deiner Hemisphäre des gedankenvollen Vorwärtsgehns und trachte danach, in der Tat, in allem Mich zu finden, als Beglücker und Bezauberer der Lebensszenen. Schätze, was du sein kannst im Verein mit Mir und Meiner götterlichten Nonchalance, die dich mit dem Unendlichen verbindet, wie mit der Glückseligkeit Elysiens im Wunderbaren.

Ludwig Weibel, geboren 1933
Lebt in CH-9200 Gossau/St.Gallen
Studienabschluss als Fernmeldetechniker
Schriftstellerische Berufung zur
"Philosophie des Seins" für vife Geister.
Erstellt elegante Graphiken mit einem
Pendel-Apparat. (Siehe Buchumschlag)
Homepage: www.das-sein.ch